文芸社セレクション

梟の声は聞こえない

北海道開拓使官有物払下げ事件の謎

木曽 朗生

KISO Akio

文芸社

目次

はしがき

明治十四年七月、明治政府は北海道開拓使官有物を払下げることを閣議で決定する。開拓使長官・黒田清隆が同郷人である薩摩の政商五代友厚の関西貿易商会に破格の安値で、しかも無利子で払下げるとの話は、自由民権運動と呼応して、厳しい世論の批判を受ける。それと時を同じくして、政府内部では、憲法論争が激化する。伊藤博文・井上馨が支持する君主大権を残すドイツ型憲法を制定するか、大隈重信が提唱するイギリス型の議院内閣制の憲法を制定するかが、争われる。政争の結末は、明治天皇北海道・東北ご巡幸東京帰還後の明治十四年十月十一日、深夜にまで及ぶ御前会議の結果、十年後の明治二十三年の国会開設、開拓使官有物払下げの中止、大隈免官と大隈派の政府からの追放に至る。世に言う明治十四年の政変である。この政変の内情は、今日に至っても詳らかにされていない。

この物語では、四人の長州人の問答を通して、北海道開拓使官有物払下げを発端とする明治十四年の政変の真相が語られる。舞台は、私が伊藤博文先生の呼び出しに応じ北海道から明治十四年七月末日に上京し、伊藤邸で再会を果たす場面から始まる。

なお本文において、読みやすさを優先し、引用文にある歴史的仮名遣いを現代仮名遣いに改め表記した。

語彙においては、現代において相応しくないものもあるが、当時の風潮を考慮しそのまま表記した。

登場人物

伊藤博文（俊輔）

幕末期に吉田松陰の松下村塾に学び、幼名利助を俊輔と改名。尊皇攘夷運動に参加するも、英国留学帰国後、開国派に転じる。維新後は兵庫県知事、岩倉使節団副使、参議兼工部卿、内務卿を務め、明治十四年の政変を経て、大日本帝国憲法の起草を行う。初代内閣総理大臣。

井上馨（聞多）

幕末期の文久三年（一八六三年）、伊藤博文・山尾庸三・井上勝・遠藤謹助とともに長州五傑の一人としてイギリスへ密航留学。帰国後、伊藤博文とともに開国論を唱え、元治元年（一八六四年）のイギリス・フランス・オランダ・アメリカとの下関戦争時には、講和交渉に尽力する。聞多の呼び名は、「ぶんた」が正式名であるが、通称である「もんた」が日常、使われていた。

私

木戸孝允の遠縁。維新時に箱館戦争に従軍。明治四年、岩倉使節団の伊藤博文の随員として、米欧を視察。帰国後、紆余曲折を経て、北海道開拓使に奉職する。

秘書官殿

私と同じく、岩倉使節団の伊藤の随員として、米欧を視察。帰国後、伊藤の秘書官となる。

梟の声は聞こえない

北海道開拓使官有物払下げ事件の謎

一　再会

「伊藤先生、それにしても驚きました。萩に戻りましたなら、あの箱館戦争の残党が山口県の県令をしておるのですから」

「維新の大改革じゃからな」

「従来の陋習弊風を一新するため、参事以上は他県人を抜擢するとは聞いておりましたが、何も山口県令にあの箱館戦争の残党を」

「廃藩置県に続き、新政策を断行せんとするも、肝心の長が決まらなかったんじゃ。参事の中野梧一に県令職を代行してもらっておったが、明治七年二月の地租改正事業は、山口県が各県に先駆けて行った大事業。八月から権令から県令になって尽力してもらったのじゃ。木戸さんから話はなかったのか」

「岩倉使節団出立時に木戸先生から、今度、山口県参事になった者は、幕府勘定方の家に生まれ、井上聞多が見出した大蔵省七等出仕の者とお聞きしておりましたが、箱館戦争に参戦し、箱館戦争後に許されし者とは、一言も。本当に幕府勘定方の家に生まれた者なのですか」

「中野梧一は斎藤辰吉といって、関東郡代付代官を勤めた斎藤嘉兵衛の子じゃ。安政四年、嘉兵衛の隠居により家督を相続し、幕府に出仕。外国奉行支配調役、御勘定留役、勘定組頭格となり、慶応三年には勘定組頭に昇進し布衣を許された者じゃ」

「代官の息子にして幕府勘定方といっても、箱館戦争の残党なのです。賊軍の抵抗に遭い、戦死した者もおったのです。示しがつかぬではありませんか。中野は小栗忠順直属の部下であったというではありませんか。小栗忠順はフランス公使レオン・ロッシュと謀り、強大な幕府軍を造り、薩長の殲滅を企てた者なのです」

「そうじゃ。確かに、君の言う通りじゃ。じゃがな、小栗は横須賀に製鉄所を建設し、横浜には仏蘭西語伝習所を設立しておる。関西にては大阪商人から百万両の資金出資を受け、株式会社『兵庫商社』を設立し、今日の先駆的事業の道を拓いた者じゃ。君は旧幕臣から聞いておるのだろう。小栗は安政七年、日米修好通商条約批准のため米艦ポーハタン号で渡米し、ナイアガラ号にて大西洋を越えて世界一周をなした事など」

「されど小栗は、岩倉公の命で、亡き者にされた者ではないのですか」

「そうじゃ。慶応四年閏四月四日、小栗は東山道軍の命を受けた軍監・豊永貫一郎、原保太郎に率いられた高崎藩・安中藩・吉井藩兵の手で、上野国群馬郡権田村東善寺にて捕縛され、六日朝四ツ半、烏川の水沼河原に家臣の荒川祐蔵・大井磯十郎・渡辺太三郎と共に引き出され、斬首となった。村人が固唾を飲んで見守るなか、小栗の家臣が無罪を主張したが、小栗は家臣に『もうこうなった以上は、未練を残すのはやめよう』と諭し、軍監の原保太郎の『何か言い残すことはないか』との問いに、小栗はにっこり笑い、『母と妻と息子の許婚を逃がしたい。これら婦女子にはぜひ寛典を願いたい』と頼んだという。遺された婦女子の面倒は大隈さんがみた」

「大隈先生がですか」

「今となっては、榎本武揚や大鳥圭介を助命したのに、何故、小栗忠順をとの声があるが、あの時は致し方なかった。岩倉公も戊辰戦争が始まると鬼となられた。慶喜公の身代わりに、誰か死んでもらわねばならなかったのだ。官軍の士気にかかわる事じゃった」

「小栗は彰義隊を率いて、事を起こそうとしたのでは。彰義隊隊長に推されたという話ではありませんか」

「渋沢栄一の従兄の渋沢成一郎から、そういう話を持ちかけられたが、小栗は断っておる」

「何故に」

「慶喜公に戦意が無い以上、大義名分が無いと」

「それでは何故に、中野梧一は箱館にて官軍に抗したのですか」

「それは中野に考えがあっての事」

「その様な者が何故に、山口県令に」

「確かに、中野梧一は明治二年五月、五稜郭にて降伏せしもの。榎本らと共に東京に護送され投獄された」

「それ故、何故に……」

「それでは、中野梧一が白旗を持って軍使に立ったという話は」

「榎本軍降伏使の事は知っておりました。そこにいたのですから。ただ、それが誰であったのか、その名は知る由もありませんでした。千代ヶ岡陣屋の中島隊のなかに、今井信郎といった坂本先生殺害にかかわった者がいたことは、後で知りましたが、降伏使として官軍との間を往復した男の名など知ってどうしようというのです」

「もう十年以上、昔の話じゃ。いつまでも虚勢を張っていることもあるまいに」

「虚勢など張っておりませぬ。松陰先生の兄上の杉梅太郎殿までもが山口に赴き、幕臣の中野の後援などをされておられたという話なのです。封建制を廃するに県令がなかなか決まらなかったとのお話でしたが、伊藤先生は、平気でおられたのですか」

「平気さ。中野は安政五カ国条約調印に賛同し、もっぱら文明進歩の説により開化論を張った者じゃ。独り鎖港攘夷の論鋒に向かい朝野の間に立ち、蘇秦の弁を振るった者じゃや。中野は山口入りに際して、宮市天満宮に参拝し、明治五年元旦、県庁で賀正式を終えると、豊栄神社を参拝した」

「毛利元就公を祀る豊栄神社にですか」

「そうじゃ。毛利家の始祖は、大江広元公四男の大江季光公。広元公は、鎌倉幕府政所初代別当。相州は毛利家縁の地。ペリー浦賀来航以来、江戸湾海岸警備が問題となり、安政三年、僕も相州警備に行って来た。

中野はなかなかの趣味人でもあった。中野の書や画に対する趣味はなかなかのもの。特に神魚の詩などはな」

「趣味人などと言って、話を誤魔化さないでください。中野のよくない噂を耳にしております」

「藤田組贋札事件の事か」

「そうです。中野梧一は藤田伝三郎とともに牢獄に入れられたのでは」

「明治十二年十二月二十日に何ら証拠もなく、無罪放免になっておる」

「全くの冤罪だったとおっしゃるのですか」

「そうじゃ。犯人は、ほくそ笑んでおるやもしれぬが、やっておらぬものはやっておらぬ。薩摩閥の警視庁が、井上馨が長州の者を使って、金稼ぎをしていると勘ぐったのだ」

「長州人は、貶められたとおっしゃるのですか」

「全くの冤罪じゃったからな。贋金の事では、新政府はずっと痛い目にあっておる。維新の動乱期に、新政府は金札を発行したが、新政府を好ましく思わぬ輩が、偽札を作りおった。各藩も、どさくさにまぎれて、藩札を乱発しておったしな。北海道では、見慣れぬ新政府の紙幣をいいことに、清国人が偽物の紙幣を使って取引をしていた。聞多と僕は、大阪の造幣局にあって、偽札には頭を痛めていたのじゃ。僕は大蔵少輔になって、アメリカの国債償却法や紙幣条例の研究を始めたが、現地でその実状を見聞するため、明治三年十一月に福地源一郎や芳川顕正さんを引き連れ横浜を出港。アメリカで貨幣制度や銀行制度を視察調査して明治四年五月に帰国したが、新政府は相変わらず偽札に頭を悩ましていた。明治三年十月、ドイツのナウマン社に印刷を発注し、明治五年四月に発行した明治通宝、通称ゲルマン札も、偽札が大量に出回っていた。井上聞多も中野梧一も藤田伝三郎も、断じて贋札事件になど関与していない」

「それでは、中野梧一が藤田伝三郎を蹴り倒したとの話は、嘘なのですか」

「あの話か」

「そうです。山口県の高官となりし中野梧一は、貧困に身をやつした藤田伝三郎の就職の懇願をひと蹴りにしたと」

「あれは戯作者の作り話じゃ。中野梧一は藤田伝三郎を蹴り倒しなどせぬ」

「それでは嘘なのですか」

「まんざら、嘘でもない。微妙な話じゃ」

「微妙な話なんですか。藤田伝三郎は、元治元年七月の禁門の変で負傷し、半年後、有馬温泉に遊び、同じく禁門の変で刀疵を受けた中野梧一と対面し、固く契りを結んだとの話も」

「それもじゃ」

「藤田伝三郎は、奇兵隊にいたと聞いておりますが」

「そうじゃ。高杉さんに師事して尊皇攘夷に身を投じ、維新時に靴屋から身をおこした者じゃ。中野梧一との話には、裏があるのじゃ。高杉さんと木戸さんの」

「高杉先生と木戸先生のですか」

「そもそも、木戸さんが征韓論を唱えだしたのは、長州の過激な倒幕派を抑えるためのものじゃった」

「倒幕派を抑える？」

「そうじゃ。話の始まりは、備中松山藩儒臣・山田方谷じゃ」

「備中松山藩の」

「そうじゃ。儒臣の山田方谷は藩主・板倉勝静に建白したのじゃ」

「あの老中板倉勝静にですか」

「あれは文久元年春の事じゃから、確かまだ寺社奉行じゃったと思う」

「それで、どの様な建白を」

「当時、尊皇攘夷の旗幟として反幕の色の濃い長州藩を始め、西国の雄藩の鋭鋒を大陸攻略に向けさせようとしたのじゃ。それで木戸さんは、対馬藩参政の大島友之允と親しくしていたから、山田方谷の秘策を耳にした大島友之允と策を論じたのだ」

「どのような」

「我が国の安政の開国を境に、朝鮮は我が国との国交のみならず、対馬藩との貿易をも閉ざし、鎖国攘夷の策を強化している。貿易を閉ざされた対馬藩は、困窮しておる。それで、対馬藩を先鋒にして薩長始めとする諸雄藩に出兵を命じると。文久三年五月の事じゃから、長州藩が過激な論を唱えるようになった頃じゃな。

元治元年六月の池田屋での新撰組襲撃の際には、木戸さんは対馬藩邸で大島友之允と話をしていて難を逃れた。元治元年七月、御所禁門で長州藩の御所奪回の事が破れると、木戸さんは対馬藩屋敷に身を寄せていたが、新撰組に襲撃され、乞食姿に身をやつし、京に留まっていたが、対馬藩屋敷の下男の広戸甚助の世話で、甚助の郷里の但馬に落ち延びたのだ」

「それで木戸先生は、出石に隠れておられた」

「そうじゃ。じゃが、会津藩偵吏の探索が厳しくなり、木戸さんは城崎温泉に避難された」

「それで、戯作者が幕臣の中野梧一と長州の藤田伝三郎との関係に託して、佐幕派の木戸先生と討幕派の高杉先生の関係を維新後に揶揄したというのですか」

「そうじゃ」

「木戸先生は、いつから中野と知り合いだったのですか」

「藩命で安政年間に幕臣の中島三郎助殿から造船技術を習うため、木戸さんは、中島三郎助殿の家に厄介になったという話を知っておるのか」

「木戸先生からは、中島三郎助は安政二年に開設された長崎海軍伝習所の第一期生で、造船学を学ばれた方と聞いております。勝海舟先生とは同期であったと。木戸先生は口には出されませんでしたが、中島三郎助殿の事では、胸を痛めておられていたそうです」

「木戸さんは、ペリー艦隊の動向を中島殿から伺い、それを松陰先生にお伝えしていた事も知っておるのか」

「存じてます。それと中野と関係があるのですか」

「嘉永六年、西暦の一八五三年、ペリー艦隊が浦賀に来航した時、浦賀御蔵所詰手代からもたらされたその第一報を勘定奉行へ取り次いだのが、中野梧一の父の斎藤嘉兵衛であったのだ」

「中野梧一の父が」

「木戸さん、いやあの時は、まだ桂さんじゃったな。あまりにも幕府の開国派に接近しておるものじゃから、晩年の松陰先生は、桂は無智無策だと申されて、君公が尊攘なされがたければ、吾が一旗挙げて、その端を開き、しかる後に、君公のご出馬を願うつもりであった。紆余曲折あって、長州の尊皇攘夷論は幕府を倒すに至り勝利したが、維新後、桜を見る事はなかったという事じゃ」

「確かに……」

「『世の中は桜の下の相撲かな』」

「誰のざれ歌ですか」

「木戸さんのじゃ。勝った者には花が見えなくて、仰けに倒れた者が花を見る」

「奇兵隊を始めとする長州藩の諸隊は、倒幕戦が終わり、明治新政府が樹立されると、用済みとなり、箱館戦争で白旗を掲げた幕臣の中野梧一が山口藩の参事となったという事ですか。木戸先生は、皮肉っておられるのでしょうが、余りと言えば余り。皮肉を言って笑って済むことではないのです。それで、中野が山口県参事になったというのですか」

「そうじゃ。いくら井上聞多が中野を大蔵省に登用したとしても、山口県の参事や県令にするには木戸さんの許可がなければ、ありえぬ話じゃ。木戸さんがどこぞの馬の骨とも分からぬ奴を、県令にすると思っておるのか」

「それでは、中野が長州兵と戦ったという話は」

「本当じゃ。文久元年、孝明天皇の妹君であらせた和宮様が十四代将軍家茂公との婚儀に及び、その際、中野は東下の警衛役を勤め、文久三年には将軍家茂公上洛に際し、従士として随行し、慶応元年の幕府の第二次長州遠征に加わっておる」

「そのような者が」

「君がそう言うのも、無理からぬ事じゃ。中野は慶応四年一月三日の鳥羽伏見の戦いに参戦するも官軍に敗れ、江戸に戻った中野は、榎本武揚と共に蝦夷地に向かう。美加保丸に乗船したが、銚子沖で座礁。陸路仙台へ向かった。それから仙台に集結した榎本軍は、幕府兵、仙台兵、会津兵を収容し、蝦夷地箱館五稜郭へ向かった。中野は千代ケ岡の中島隊にあって、官軍に抗戦。その中島三郎助隊を襲撃し、箱館戦争を終結させたのが、君のいた山田顕義の部隊じゃからな」

「中野が大蔵省に入ったのは」

「聞多の口利きだった。明治二年五月に榎本軍が降伏すると、中野は明治三年二月、豊津藩預かりとなり、釈放後に徳川家の移封先である静岡に移った。そこで従兄弟の中野誘の世話になり、斎藤辰吉改め中野梧一と改名したのじゃ。明治四年九月に七等出仕として大蔵省に入った時の大蔵卿は大久保さんで、大蔵大輔は井上聞多。中野を大蔵省に入れたのは聞多じゃったが、中野の事を知ったのは、渋沢栄一を通じてじゃ。その渋沢栄一を大蔵省に推挙したのは、今、国債局長をしておる郷純造じゃったな」

「あの頃、伊藤先生は渋沢らと梁山泊の一類と称して、大隈先生邸に結集し、気を吐いておられました。皇国に新たな文明をもたらすものと」

「君には、幕臣と意気投合しておるものだから、随分諫言を受けた」

「戊辰戦争の噴煙が、まだ燻っておったのです」

「渋沢栄一とは、面識はなかったが、同志であったのじゃ」

「同志。渋沢は彰義隊ではありませんか。何故に、同志なのですか」

「文久の時の話じゃ」

「文久の時の。渋沢は、その時既に開国を唱えていたと言われるのですか」

「そうではない。幕府の夷国に対して軟弱なる事に憤る血気盛んな者は皆、尊皇攘夷を唱えておった。薩摩の中井弘、長州の多賀屋勇、宇都宮の広田精一などの志士は、渋沢の郷里武州に遊歴して持論を説いた」

「多賀屋勇ですか」

「そうじゃ。多賀屋勇じゃ。この事は前に話した筈じゃ。もう十年前の事じゃから忘れたか」

「いえ、覚えております。木戸先生と伊藤先生は万延元年七月、水戸藩士と丙辰丸にて盟約を交わし、幕府要人を襲撃し、安政の大獄時に失職した一橋慶喜公と越前藩主松平春嶽公を復職させ、幕政改革をはかる事と相成ったとおっしゃってました」

「そうじゃ。文久二年正月十五日の老中安藤対馬守の要撃は、下野の河野顕三と水戸藩士によって坂下門外でなされたが、その首謀者の一人として大橋訥庵が挙げられた。多賀谷勇は毛利筑前の家来で、脱藩して大橋訥庵の家で攘夷断行のために輪王寺宮を奉じ筑波山に立て籠もるという策をたてておった」

「その多賀屋勇の仲間に家老の益田弾正家来の荻野隼太という者がおり、伊藤先生に大橋訥庵の策を持ちかけたという話でした」

「そうじゃ。それでは、大橋訥庵の話は、覚えておるか」

「勿論です」

「日光山輪王寺の事は」

「朝廷より皇子様を輪王寺の宮としてお迎えいたす事、天下の人の皆知る所です」

「左様。日光山輪王寺にては、強飯式といって、修験者の姿をした強飯僧が、山盛りのお椀を強飯頂戴人に差し出し、『残さず食べろ』と責め立てる事は」

「世に言う日光責めかと」

「そうじゃ。大橋訥庵は嘉永年間に、米船渡来の噂が流れると、『元寇紀略』を著し、『断じて国を開いてはならぬ。神国日本の本領を保ってゆくために、攘夷を決行すべきだ』と論じた。安政四年には『闢邪小言』を刊行し、『我神州は、太古定国の初より既に天祖の教ありて、開国以来、君臣の紊るることなく、義勇を崇とび、怯懦を恥じて、敦厚廉懿の風あること、万国中に比類なければ、真の華夏というべきもの、我神州を除きては、あるべくも思はれず』と訴えた。訥庵は輪王寺宮を擁立し、攘夷の兵を日光山にて挙げんと、一橋慶喜公に協力を求めた。訥庵の策には、慶喜公側近のみならず、水戸藩士の賛同も得られず、水戸藩士有志による陸奥磐城平藩第五代藩主にして老中である安藤対馬守信正暗殺未遂事件となったのじゃ」

「それで、渋沢も安藤対馬守襲撃に一味されたと申されるのですか」

「渋沢等は僕らと別じゃ。渋沢等は高崎城を乗っ取り、横浜焼き討ちの一大攘夷計画を立てておった」

「横浜の焼き討ちを」

「そうじゃ。僕は高杉さんと聞多らと文久二年十二月に品川御殿山の英国公使館を焼き討ちにしたが、これはその前月、勅使として三条実美公が幕府に攘夷決行を促すために江戸に下向された時に、高杉さんが横浜襲撃を企てた時から始まったものじゃ。この計画は若殿の知るところとなり、同志は謹慎となっていたが、密かに御楯隊を結成し、英国公使館の焼き討ちを実行した。渋沢等も高崎城を乗っ取り、横浜焼き討ちの一大攘夷計画を立てておった」

「渋沢さんは実行されたのですか」

「従兄の尾高長七郎が文久三年十月京都から戻り、その計画を知って、決行を断念させた」

「何故にですか」

「七十や百の烏合の衆では、何もできないと。計画通り高崎城が取れたにせよ、横浜出兵は出来ぬと」

「何故に」

「居留外国人を撃退するには、訓練した兵でなければ出来ぬ。幕府や諸藩の兵に簡単に討伐されてしまうと。十津川浪士を見るがよい。藤本鉄石であれ、松本鋭太郎であれ、五条の代官を襲っただけで、直ぐに植村藩に防ぎ止められてしまった。京でも天子の関東御親征という策も裁ち切れとなってしまっている。しかも三条公始め七卿は長州へ落ちてしまったと諭した」

「……」

「今日は何もこのような話をするために、わざわざ君を北海道から呼んだのではない。手紙で書いた開進社の事じゃ。君も知っての通り、今年十四年度をもって、明治四年八月に決定した十ヶ年総額一千万円を支給する計画も終了する。これに伴ない開拓使を廃止し、北海道に県を置くことに、六月ようやく内決した。この廃使置県という困難な事業に岩倉公が当たっておられたが、心労で体を壊され、有馬温泉に七月六日病気療養に出られた。三条公の話では、病気療養に出られる際も、北海道の開進社の事を憂慮されておられたそうじゃ。西南戦争により目減りした華族資産を何とかせねばならぬと、今も華族の金融資産を有益な不動産に移すために尽力されておられる。昨今、開拓使官有物の払下げの事で、世論がやかましくなっておる。その方面の事情なら君が詳しかろうと、君を呼んだんじゃ。詳しいことは、相方に話してあるから、聞いておいてくれ。ちと、急用が出来たから外出する。宜しく頼む」

そう言い終えると、伊藤先生はそそくさと出て行かれた。

相変わらずの伊藤先生の書斎であった。読みかけの新聞書類が、机にも棚にも無造作に置いてあった。程なくして、秘書官殿がお出ましになられた。

「これは、これは秘書官殿。ご出世されましたな」

「秘書官殿などと。君が羨ましい」

「羨ましい？　熊と狼の出没する凍てつく大地で、悪戦苦闘の毎日じゃ。何が羨ましい。皆、洋行帰りで箔がついて、出世しておるというではないか。金子さんは、どうされておる」

「金子堅太郎さんか。金子さんはボストンの小学校に入り、英語を一から学び直されたそうだが、ハーバード大学法学部に入られ、見事に卒業、法学士の学位を手にされ帰国された。帰国後、英語の教員をされていると聞いていたが、昨年、元老院に出仕された。近頃は、山田顕義先生や土佐の佐佐木高行先生の所に出入りされていると聞いておる」

「ご活躍じゃな。団琢磨は」

「団君はマサチューセッツ工科大学鉱山学科を卒業し、明治十一年に帰国した。帰国後は、大阪専門学校に勤めていたが、近々、東京大学理学部の助教となり、天文学を教えるかもしれないと話していた」

「あの小僧がな。山口尚芳先生は」

「山口副使は、大変だった。岩倉使節団帰国後、政府に征韓論争が起き、続く明治七年二月には、佐賀で反乱が起きた。山口先生は佐賀へ赴かれるも、故郷・武雄の鍋島茂昌殿と家臣に不穏な動きがあった。乱鎮圧後に政府から嫌疑をかけられたものだから、山口先生がそれの取り成しに奔走されたそうじゃ」

「今は」

「明治八年に元老院議官となられ、昨年、元老院幹事となられた。今年の五月には、会計検査院の初代院長となられた」

「それは、それはじゃな。中江さんは、どうしておられる」

「篤介さんか」

「そうじゃ」

「中江さんは、明治七年にフランスから帰国され、元老院書記官をやっておったが……」

「おったが、どうされた」

「あの気性だ。幹事の陸奥先生とあわないと直ぐに辞められた。それで、外国語学校の校長をやっておられたが、これも……」

「辞めた」

「教育方針があわないと。それで、番町に仏学塾を開き、政治や法律や歴史を教えておられる」

「フランス語堪能な方なれば、職に窮する事はあるまい。あの時から、フランス語には、何不自由しておられなかったからな。我らとは、ものが違う。大久保先生に直々にフランス留学を訴えられた強者じゃからな」

「十九の時、長崎に留学し、幕府の語学所学頭からフランス語を学び、二年ほどして江戸へ留学に出られたのだからな」

「長崎では岩崎弥太郎が、土佐藩の留学生の監督をしておったという話じゃったな」

「そうじゃったな。中江さんは江戸に出てから、一時、福地先生の日新社の塾頭となり、フランス語を教えていたのだから、ただの書生ではなかった」

「海外留学は官立学校生に限られていたから、大久保先生に直談判じゃったな。といっても、大久保邸を訪れるも門前払い。そこで、大久保家の馬丁と懇意となり、大久保先生の帰宅時に馬車の背後に乗せてもらい、大久保邸に入り、馬車を降りた大久保先生に直訴された」

「大久保先生も、どこの誰とも分からぬ者を応接間に入れ、話を聞いたというのだからな」

「大久保先生の土佐人なれば土佐人にお話をとのお返事に、中江さんは縁故や情実を利用するのは、僕の潔しとしない所と申された」

「意気に感じた大久保先生は、後藤さんと板垣さんに相談し、司法省出仕とし、岩倉使節団に随行させたのだからな」

「あの頃が懐かしいな。君との議論も忘れられない。君は西郷隆盛ワシントン説じゃったな」

「今でも僕は西郷ワシントン説だ」

「それで、会津戦争板垣ナポレオン説じゃったな」

「そうだったな。今となっては、変じて板垣退助ロベスピエール説、江藤新平ダントン説あたりか」

「あの頃は皆、夢みたいな事を言っておったな。仮に日本で共和政治が行われるようになったならばと。それで今、中江さんは」

「西園寺（さいおんじ）君の東洋自由新聞にいる」

「西園寺君とは、パリで木戸先生と親しく交際を持たれた、あのお公家さんの西園寺公望（きんもち）さんの事か」

「そうだ。昨年、フランスから日本に戻って来られた。親密な交際を持たれた木戸先生大久保先生、お二人ともこの世におられないから、伊藤先生を頼られて、会津相馬（そうま）藩（はん）の日下義雄（くさかよしお）と一緒にここに来られた。もう十年前とは、話がすっかり変わってしまい、浦島太郎のようだった」

「そうじゃな。山口副使のご子息の俊太郎君などは、アメリカで大統領の学問をして、日本の大統領になると息巻（いきま）いておったからな」

「そうじゃったな。伊藤先生は、俊太郎君に、お前の親父は大馬鹿者じゃと言っておられたからな」

「俊太郎君も負けていなかったな」

「天子様が大馬鹿者を副使にするはずがない。同じ役職の伊藤副使の方が、お大馬鹿じゃと言い返しておった」

「そんな事もあったな」

「あった」

「大久保先生が、あのような事になるとはな」

「そうだな。護衛もつけられず、御者だけだったというからな。今でも、大久保先生がご存命ならばと思う事が多々ある。大久保先生は維新当初、西洋文明化政策に消極的であられたが、明治六年に米欧視察から帰国されると、内務省を砦とし殖産興業政策に邁進されたからな」

「壮大な計画があられたからな」

「本当に。大久保先生は帰朝後に、英国が欧州の一島国にして国威を世界に振るっているのは『三千二百余万の民 各 己れの権利を達せんが為め、その国の自主を謀り、その君長も亦人民の才力を通暢せしむるの良政あるを以てなり』との『政体ニ関スル意見書』を政府に提出されたからな」

「書生の我らにも、英国を手本とするようにと、おっしゃっていたからな」

「伊藤先生が木戸先生から離れ、大久保先生につかれた所以じゃな」

「そうじゃな。『三千二百余万の民各己れの権利を達せんが為め』云々などは」

「大久保先生は暗殺される当日の朝、地方官会議に出席した福島県令山吉盛典殿に維新の盛意を貫徹するためには三十年を要すると述べておられたそうだ」

「三十年か」

「大久保先生は三十年を三期に分け、明治元年より十年を兵事の多い創業時、十一年から二十年までを内治を整え民産を殖する第二期、二十一年から三十年までを後進賢者の継承を待つ第三期と。その大久保先生が地方行政の整備を進め、内務行政をまさに伊藤先生に引き継ごうとされた矢先に、あのような事になられた。大久保先生のお考えは、あまりにも専制的だとの批判もあったが、用意周到なのが大久保先生だ。急いては事を仕損じる。先ずは地方の議会からだ。大久保先生は地方制度を整えるため『郡区町村編制法』『府県会規則』『地方税規則』の三つの新法を制定され、地方の民費に関するものは府県会の決議を経なければ府知事・県令の職権を以て徴収又は支出することが出来ないとされた」

「文明国のイロハじゃな」

「封建制にては領主が農民から年貢を取り立てるだけだが、文明国においては、税を納めるは国民の義務なれど、取り立てられた税の使い道を議論する権利がある」

「そうじゃな」

「この改革に伴う府県会及び区町村会の設立は、大久保先生にとって将来開設が予定される帝国議会への布石であったが、大久保先生も独裁的になる事を気に留めて居られたから、明治八年一月の大阪会議では、木戸先生や板垣さんと協議され、専制支配の弊害を防ぐため、衆知を集めて立法手続きの改善をはかり、同時に元老院を新設して、将来の国会開設の基礎たらしめることを確約された。それのみならず、大久保先生は裁判の権威を高めるため大審院を創設すること、民意の動向を知るために地方官会議を確立すること、更には内閣と各省を分離することを木戸先生と合意された」

「木戸先生と大久保先生とは、上手くいっておらなかったからな」

「岩倉使節団でも、そうじゃった」

「そうであったな。大久保先生は米欧を視察されると、保守的な考えを改められ、とびきりの急進的改革派になられたが、木戸先生は出発前は封建制を打破したフランスを理想とする進歩的なお考えを持たれておられたが、実際、米欧を視察されると、保守的になられた」

「ポーランドの事があったからな。木戸先生は、立憲君主制を敷き一大共和政治を施した東欧の強国ポーランドが、ロシア、プロシア、オーストリアに分割され消滅したのは、王家と貴族の弱体が原因であった事を知り、衝撃を受けられた。木戸先生は帰国して、華族を奮励させて国家の用をなさんとの考えに方針を変えられた。華族会館設立には、三条公の家人の尾崎三良さんが奔走し、毛利元徳公、伊達宗城公、松平慶永公のご尽力で実現した。勿論、岩倉公も尽力されたが、岩倉公は筋を通された」

「筋」

「秩禄処分の事だ。封建的特権として華士族に与えられた家禄と維新功労者に対して付与された賞典禄を期限付利子受取りの公債に替えたのじゃからな」

「明治九年八月の太政官布告の事か」

「そうだ」

「明治六年十二月発行の秩禄公債では、家禄・賞典禄を自主的に奉還した者に対しては、起業資金が与えられたから、僕も北海道に渡る時に処分して僅かであるが金を手にする事が出来たが、明治九年八月の太政官布告では、政府が一方的に禄制を廃し、金禄公債に切り替えたからな」

「木戸先生は、岩倉公に秩禄処分の再考を促されたが、岩倉公は動かれなかった。岩倉公はご一新の筋を通されたのだ。木戸先生は華士族の困迫を深憂し、将来を考慮しての事であったが、政府は明治九年八月五日、華士族以下の家禄・賞典禄を廃し、公債証書の交付を布告した。大久保先生と岩倉公は、退路を断ち、華士族授産の事に邁進された。大久保先生は明治十一年三月六日、一般殖産及華士族授産の建議を行い、不平士族等の生計の道を開く一方、国内の物産の繁殖と運輸の便の開発を促した。その意図は、分かるだろう」

「勿論じゃ。岩倉使節団で何を見て来たというのじゃ」

「政府は当時創設された銀行業務を助成するために、起業公債千二百五十万円を発行することを決定した。この時、岩倉公は華族に対して起業公債への募集に応ずるよう働き掛け、その事業概要を説明された」

「その計画の事なら聞いておる。京阪間の鉄道線を延べ、大津を経て敦賀港に達せしめ、新潟、石ノ巻等の諸港を修繕し、併せて各地要用の陸路を開通する。さらには羽州の鉱山、北海道の炭鉱を開鑿改良し、奥総の曠野を開墾し、牧畜その他農事を奨励し、天賦の利源を疏導し、殖産就業の基盤を立てると。まさに岩倉使節団ここにありという所じゃ」

「全くだ」

「大久保先生が御存命であったならばな」

「そうだな。ところで、大久保先生を亡き者にした島田一郎等の事を存じておるか」

「斬奸状の事なら、聞き及んでおる。公議を杜絶し、民権を抑圧し、政治を私し、不急の土功を興し、無用の修飾を主とし、国財を徒費するなどと」

「西郷等は非望を図るため反賊したのではない、奸吏輩の罪悪を許せんとしたとあったな」

「確かに西郷さんが生きておられた時には、俗吏は恐れをなしていたが、これでは、西郷さんは、大久保先生を討伐せんと西南戦争を起こしたと言わんばかりだ。明治一新の御誓文に基づき、有司専制の弊害を改めるとか島田一郎は言ってたな」

「そうだったな。速やかに民会を起こし公議を取り、以て皇統の隆盛、国家の永久、人民の安寧を致すとして、大久保暗殺に及んだと」

「妄言じゃな」

「確かに妄言だが、何故、西郷さんがだな」

「分からぬな。何故に明治十年の挙に及ばれたのか」

「あの時、京都の行在所に薩摩の変の報が入り、東京から急遽、大久保先生が入京され、大和（やまと）・奈良方面の行幸から木戸先生が戻られると、木戸先生と大久保先生は、激論を戦わされたそうじゃ」

「どの様な」

「木戸先生は討伐（とうばつ）の任に当たって、直ちに出征するから、左様心得てもらいたいと」

「大久保先生は」

「西郷の去就（きょしゅう）も判然とせぬから、自分が鹿児島に出向いて西郷を鎮撫（ちんぶ）する。大義を説いたら、必ず西郷も自分の論を容（い）れてくれる筈（はず）だと」

「それで」

「大久保先生は鎮撫（ちんぶ）論を論じられたが、木戸先生は頑（かたく）なに征伐（せいばつ）論を論じられ、譲られなかった」

「それで」

「伊藤先生が間に入られた」

「伊藤先生は何と」

「伊藤先生は、どちらの論にも与（くみ）されなかったそうだ」

「何故（なにゆえ）にだ」

「西郷さんの動向も定かでないうちに、木戸先生の討伐論に与する事は出来ないのは、勿論の事であるが、大久保先生の鎮撫論にも」

「それまた、どうして」

「大久保先生が鹿児島に行って、西郷さんと対面して、渙然として疎通されるやも知れぬが、万一然らざれば両人が刺し違えて死するの外はないと」

「万一の事か」

「それで、大久保先生も折れて、有栖川宮熾仁親王殿下を西郷さん鎮撫の勅使とされた。ところが、翌日の二月十七日、暴徒の首謀は西郷隆盛にして、既に学校兵を率いて鹿児島を出発したとの報が入った。それで有栖川勅使は、西郷軍征討の総督となってしまった」

「黒田長官も北海道の屯田兵を待機させて、鹿児島に向かったからな。黒田長官も半信半疑であったそうじゃ。西郷さんは、甘んじて乱賊をたすける事などありえぬ事と。県令の大山綱良から、暴徒の首謀は西郷及び村田・篠原等との報にも俄かに信じ難く、自ら鹿児島に馳せ参じ、西郷さんと相謀り、私学校の変に処せんと申されていたそうだ」

「大久保先生は終始、長嘆大息であられたそうだ。いかに西郷の兵が猛威を振るおうとも、錦旗の前には、すこしも怖れる事はないが、西郷さんが降伏した時の処分をどうするかを、この時から憂慮されておられた。朝廷はどうご処置されるかと」

「黒田長官も、西郷さんのお命の事を考えておられた。黒田長官は熊本城下の西郷軍包囲を解かれた四月、大本営に電奏された。今や西南の役の騒擾も平定の期近く、本務をなげうち自ら好んで干戈の巷に入った為に、開拓使事業に蹉跌をきたした。北海道の地は耕牧漁猟を始め各種産業は、季節と大なる関係を有し、若しその機を失せば損害も少なくない。冀くば臣をして参軍の任を解き、平常の職に就くことを允許されたしと」

「本当に痛ましい事であったな」

「父師のように仰いできた西郷さんに干戈を加える事態に至り、黒田長官は只管、哀しいかな、痛ましいかなと、血涙を流す思いであったそうじゃ。ましてや、幕末から西郷さんと艱難辛苦を共にされてきた大久保先生のお気持ちを察すると、余りあるものがある。ただ、黒田長官には、思い当たる節があったそうじゃ」

「思い当たる節」

「聞くところによれば、朝廷の失あるを過慮したのではないかと申されたとか」

「朝廷の失を過慮した」

「西郷さんは、これを醫正し、形勢を挌さんとし、ついに干戈を尋ぬるに至ったのではないかと。黒田長官の思い過ごしではないかと思うのじゃがな。黒田長官は冥府再会、如何と言われたとか」

「黄泉の国で、お二人は何をお話になられるのだろうかな。僕等には分からぬ事なんだろうな」

「西郷さんは、やはり」

「やはり、何だ」

「やはり西郷さんは、征韓の事を」

「君はまだ、征韓の事を考えておるのか」

「その事なら、岩倉使節団出立時に、木戸先生から随分窘められた。朝鮮の事は、今はその時ではない。朝廷にも兵なし。とても朝鮮の事に及ぶ時ではない。西洋の文明を入れ、内治を優先する時だと。『兵力を以て釜山港を開港せしも、彼の地、もとより物産、金銀少なく、かえって損失を被る事になりはしまいか』と。木戸先生も打算家になられたと言い籠めたが、木戸先生は大村先生の論を繰り返し説かれた。今は、皇国の大方向を立て、海陸の技芸を実着にし、万世に維持できるように専念する時だ。韓地の事は、東海に光輝を生じさせてからと。彼の者たちに、宇内の条理を説いても、耳を貸さぬと譲られなかった。

伊藤先生からも諭された。大国の侵略に恐れる事なく、ただ仁政を実施し、人民と苦楽を分かちあう外に方法がないと。尊皇家なれば、『日本書紀』を読まれよ、先人の知恵が書かれておると。日本の脅威となった新羅に、出兵の事が問題となった時、敏達天皇は韓地百済から日羅を召還し、意見を求められた。日羅は、天下を治めるには、人民を守り養う事が第一、俄かに戦を起こすべきではない。為すべき事は、食料を十分にし、軍事力を充実させ、上下ともども豊かにし、その後、多くの船舶を造って港々に浮かべ、隣国からの使者に見せ畏れを抱かせる事が肝要であると申し上げたと。伊藤先生は何をおっしゃっているのか、分からなかったが、実際、米欧に赴いて、合点がいった。まさに百聞は一見にしかずであった。聞くと視るとは、大違い。封建社会を生きた僕には想像もしない光景を目の当たりにし、僕も考えを改めた」

「あの頃、君は松陰先生の論を盛んに唱えておったからな。列強が大挙して押し寄せて来ている時に、神功皇后以来の雄大な計略に思いを致し、大和魂を発する時。朝鮮を責めて、北の満州の地を割き、南の台湾・呂宋諸島を収め、進取の勢を示さんと」

「この論にも、伊藤先生から釘を刺された。朝鮮を責め、北は満州の地を割き、南は台湾・呂宋を収めてどうしようというのだ。ましてやアメリカ、ロシア、イギリス、フランスがアジア州を窺って居るなどと称して、兵を地球の果てにまで送って、国の安全を謀るなどと言って、どうしようと言うのだ。遠方に人民武器を送れば、国の物資は欠乏し、人民は貧しくなるは必定。これは『孫子』の作戦篇に記す所。兵法のいろはではないか。神功皇后以来の真の雄略を行い進取の気象を示すと言うが、君のような慷慨家が、順逆を誤り、国を危うくする。軍法の本意は、万民を恵むためにあるのではないのか。事は単に戦の戦術の問題ではない。兵は不祥の器と申すではないかと」

「それで、君は今でも西郷さんが征韓の事をなさんとしていたと思っておる」

「そうじゃ。秘書官殿は、西郷さんは征韓の事をなさんとしておられたと思わぬのか」

「思わぬ」

「何故にだ」

「君は西郷さんが、北海道に移り住む事を考えていたのを知っておるか」

「勿論、知っておる。明治四年七月、樺太でのロシア人の暴挙に憤慨し、桐野、逸見、淵辺、別府等を引き連れ、北海道に移住することを黒田さんに諮っておられたそうだ」

「その前年の夏には、桐野さんは西郷さんの命で札幌に行き、鎮台営地を真駒内と定めて東京に戻って来られた。西郷さんの考えは、ロシアとの戦は避けられない。札幌に鎮台を設け、札幌本営に西郷さんが座り、樺太分管に篠原国幹を遣わすと。ロシアの樺太及び朝鮮への南下に備えての事は勿論、日本人の手にて北海道を守るが筋。北海道を欧米人雑居の地にて守れるものかと」

「札幌鎮台の話だな」

「そうじゃ。伊藤先生の話によれば、札幌鎮台の事は、参議一同の賛同するところとなり、西郷さんは三条公にも同意を取り付けておられたが、岩倉公が反対されたそうだ」

「何故に」

「明治四年八月、政府は開拓使事業に十年間定額千万円を支給することを決定したゆえ」

「それと札幌鎮台の話と、どういう関係があるのだ。西郷さんは、国を守るのが政府の義務。この義務なくば、政府と名乗るのを止め、商方支配所と替えた方がよかろうと、ご不満だったそうじゃ。やはり西郷さんは、征韓の事を。そうでないのか。何故にそうでないと思うのだ」

「君は、僕らが米欧に行っている時、留守政府で開拓使を廃して海軍省に所属させるとの議論が起きたという話を知っているのか」

「いや、知らぬ。提唱者は誰じゃ」

「土佐の後藤さんと肥前の江藤さんだ」

「どうして、そういう話になったのじゃ」

「幕末維新時から、土佐と肥前は仲違いして、うまくいかぬ。征韓の話なれば、話がまとまるだろうと、開拓使を廃して海軍省に所属させるとの儀が起きた。海軍の事は肥前、朝鮮貿易の事は土佐と」

「箱館戦争で、榎本軍艦船を撃破したのは、佐賀藩じゃからな。佐野常民先生は、勝海舟先生と同じ長崎海軍伝習所の一期生。中牟田倉之助殿は二期生じゃったからな」

「土佐の朝鮮貿易もなかなかの話。後藤先生に見出された岩崎さんは、海援隊の時から高麗貿易を始める用意があった」

「それで」

「それで、西郷さんが、不可の論を出された。西郷さんが、本気で朝鮮出兵の事を考えておられたなら、何も不可の論を唱える事もあるまい。西郷さんも札幌鎮台の事を口に出されることもなくなり、明治五年六月に札幌本庁に陸軍省から借りた銃を備え付け、開拓使の使用汽船に大砲を備載させるに止められたのだ」

「西郷さんの征韓論は、方便じゃったとでも言うのか」

「方便などとは、言ってはおらぬ。ただ伊藤先生のお話では、黒田さんは西郷さんの不可の論に廟堂深意ありと感じられたと言うのだ」

「廟堂深意？」

「西郷さんの札幌鎮台論に関して、三条公と岩倉公が自らのお考えを上奏され、お上のご裁定を仰がれたそうだ」

「それで、お上は」

「岩倉公の論をご裁定あそばされたそうだ」

「岩倉公の論を」

「そうだ。この話は、奥が深い。岩倉公は欧州で歎いておられたからな。日本の貴族には、文明社会を生きるに相応しい教養も乏しく財産もないと」

「そうじゃったな」

「黒田長官もおっしゃっていたそうじゃ。華族には、尽くすべき義務がある。笛や太鼓を奏でて雅な生活を送っている時代ではない。欧州の貴族のように社会生活の経済的基盤を持たねばならない。皇族は勿論華族も文明開化の社会にあって、その言論行為は庶民の模範となり、常に政府の方向に従い一体とならねばならぬと。急激な文明開化の時勢の風潮に動揺して、攘夷の温床となる浮華軽躁の習に染まるようなことは、あってはならないと」

「それが、札幌を北京にという例の話の発端なのか」

「それより、君の方はどうなんだ」

秘書官殿は、話を変えた。

「僕の方？　どうも、こうもない。使節団から戻り、埼玉県の白根多助殿の所にいたが、台湾出兵の事で木戸先生が大久保さんに異を唱え参議を辞職、明治七年八月に萩に戻られると、僕も後を追って萩に戻った。萩に戻ると、山口では中野梧一が県令に昇進し、士族授産局が出来た。萩も山口も士族は皆、貧窮にあえいでいたゆえ、木戸先生の勧めで、北海道に渡る事にした。木戸先生には旧会津藩士の北海道入植のことに尽力された縁故から、青山官園で農業研修を終えた者が余市におるから、その方面の様子を見てきてくれと言われた。余市には長州からの入植者もおるから、その方面もと。しばらくの間、中田常太郎という会津人の所に厄介になったが、中田さんも試行錯誤の毎日じゃった。アメリカのハロウやプラオを模した日本製耕作機で耕作していたからな。アメリカの農場で、ハロウやプラオを牽いている農耕馬を見分したが、まさか自分がやるとは思いもせんじゃった」

「開拓使にいると聞いていたが」

「会津人の中にいては、気分がめいるゆえ、すぐに山田先生の伝で開拓使に入った」

「山田先生のどの様な」

「箱館戦争の時、軍監をされておられた村橋久成さんが、開拓使におるから、訪ねてみてはどうじゃと手紙をくれた。それで、開拓使本庁に村橋さんを訪ねてみた。村橋さんは、屯田兵村創設の仕事をされておられたから、その関係で開拓使工業局の仕事の世話をしてくれた」

「工業局で何をしておる」

「道路や橋梁の敷設じゃ。北海道の原野を駆け回っておる。開拓使では、調所広丈や安田定則といった薩摩の箱館出軍組が幅を利かせておる」

「村橋さんの世話ならばな」

「面識あるのか」

「勿論だ。開拓使東京出張所に出仕され、東京官園におられた。琴似兵村創設の事は、村橋さんのお力によるものだ。明治八年四月に、東京に戻られ、開拓使の麦酒醸造所の建設責任者となられた。明治九年に麦酒醸造所が出来たのも、村橋さんのご尽力によるもの」

「それに、中川清兵衛殿だな。札幌の麦酒醸造所は、中川清兵衛殿のドイツでの修業の賜物。もしドイツで青木周蔵先生のお力添えがなければ、中川殿もどうなっていた事か」

「そうだな。中川殿のドイツ仕込みのビール醸造技術なくして、札幌の醸造所はなかったな。それにベーマー殿だ。札幌には一面のホップ畑が広がっているそうだが、ベーマー殿が沙流郡に自生しているホップを発見し、札幌で栽培されたものだ。当初、東京の官園でビール醸造をすることになっていたが、寒冷な北海道こそビール醸造に適地との村橋さんの論が通り、札幌創成川東側に麦酒醸造所が設立されたのだ。その村橋さんが今年五月に突然、開拓使を辞職された。なんでも、函館近くにある村に農場を造り、その会社の社長になられるとか」

「そうじゃ。山田慎という福井人銀行家が設立した知内村牧畜会社の社長に就任される。昨年より開拓使内でも廃使問題が話題に上るようになり、村橋さんも内心忸怩たる思いがあられたようじゃった」

「そのような話であったな」

「千八百町歩の開拓地の払下げを受け、綿羊を飼育し、本格的なアメリカ式の農業を行う予定じゃ。ここ近年、北海道土地売貸規則に依る土地有償付与から、開墾成功を条件に無償付与が行われるとの話もある。村橋さんからは、近く農場を経営するから、君も来ないかと誘われたが、農事は向かぬから返事を躊躇していたが、行く末を考え、開拓使を辞めて、村橋さんの農場へ行く準備をしていた。その矢先、突然、伊藤先生から至急、東京に出向くようにと、金が送られて来た」

「開進社のことだな」

「そうじゃ」

「社長の岩橋轍輔さんは、大蔵省におられたのを知っておるのか」

「勿論じゃ。元大蔵大丞で明治十年、華族殖産の目的で東京に設立された第十五国立銀行の副支配人となられた。当初、事務所は大久保先生のお宅にあったそうじゃ」

「旧和歌山藩士で、士族の救済事業を志した縁で、岩倉公と知り合ったことも知っておるのか」

「勿論じゃ。岩橋さんは第十五国立銀行の副支配人から第四十四国立銀行の頭取に転身され、第四十四国立銀行の支店設立視察のため北海道へ赴く際には、岩倉公から北海道植民事業の事を託されたというお話じゃ」

「だれから聞いた」

「村橋さんからじゃ。牧畜会社を設立した山田慎さんは、第四十四国立銀行の支配人じゃ。東京新泉町の本店には、頭取の岩橋さんがおられて、支店の函館・札幌・小樽・根室は山田さんに任され、漁業者にお金を貸し出しておられる」

「そうか。宮崎簡亮さんの事は」

「勿論、知っておる。土佐の人で、明治元年に土佐藩の貢進生として、大学南校に入られ、卒業後、岩倉公の知遇をうけられ、岩倉公より使節団随行とのお話があったそうだが、胸に病ありて断念されたそうだ。大蔵省、太政官に奉職され、明治十二年三月より札幌に赴かれ、開拓使御用掛をしておられたが、明治十二年六月、函館にて北海道開進会社の設立願が開拓書記官の時任為基に提出され、八月に北海道開進会社、通称「開進社」が設立された。翌十三年十月には、宮崎簡亮さんが開進社の副社長となられ、併せて開進社東京分局の責任者にもなられた。開進社は、北海道亀田郡湯川村にて開墾事業を始めるが、岩内郡発足村には、簡亮殿の父・与一郎殿と兄・義亮殿が、郷里の土佐安芸から二十世帯五十四名の移民団を率いて、今年明治十四年六月に入植、開墾作業を始められた。この発足村は昨年来、毛利家からも土地の払下げを願い出られている所だ。伊藤先生は、何と話された」

「伊藤先生からは、岩倉公には札幌に義弟がおられて、牧牛の事業に従事されておられる。宮崎簡亮という岩倉公が信頼を寄せる者も札幌に在って、北海道開墾の事業に邁進されておると」

「伊藤先生の事だ、宮崎さんは元開拓使御用掛なれば、その筋の知り合いもおろうと思って、僕を呼んだんじゃろう。開進社といい、牧畜会社といい、機縁といえば、機縁じゃ。皆、岩橋轍輔さんじゃからな」

「牧場の経営は難しいと聞いておるが」

「特に札幌ではな」

「エドウィン・ダン殿が札幌の真駒内にある牧牛場に従事されておられるのだろう」

「そうじゃがな。エドウィン・ダン殿の話では、牧牛場には広い牧草地を必用とする。札幌では難しいと。知内村牧畜会社の方も、ダン殿の指導で、牧畜と農耕を行うことになっている」

「そういう話だったのか。伊藤先生の話では詳細が分からず、心配しておったのだが、村橋さんならば、安心だ」

「まあ、開拓使を辞めるに際しては、僕も色々と思案した。缶詰製造の事をやろうとも思ったりもした。じゃが、事業というものは難しい。開拓使でも、明治七年に鹿肉燻製所を、十一年には鹿肉罐詰所を作ったが、鹿の乱獲で思うようにいかなくなった。開拓使は明治十年に石狩川河口に石狩罐詰所も作った。石狩川では、鮭が大量に獲れるからな。それを缶詰にして売れば、腐ることもない。開拓使もそう思ったが、これが思うように売れない。アメリカから輸入した缶製造機を用いて、アメリカ人技師を招いて作ったものだから、立派なものが出来たが、値が高い。高いから国内では売れぬ。ならば輸出といっても右から左という訳にはいかぬ」

「そうだな。作る事は出来ても、売る方はな」

「世の中というものは、広いようで狭いものじゃな。我らが岩倉使節団でアメリカに向かう船内にて、余興で模擬裁判を行ったのを覚えておるか」

「覚えておる。福地先生が伊藤先生に持ち掛けた話だろう」

「女子留学生に悪戯したと被告席に座らされた男がおったじゃろう」

「二等書記官をしていた長野桂次郎の事か」

「そうじゃ。その長野が北海道に来ていて、石狩罐詰所が出来る前、すでに石狩でスコットランド製の機械で缶詰事業を手掛けておったというのじゃからな。今は山尾先生の伝手で、岩内の茅沼炭鉱に行っておるそうじゃが、長野も事業で悪戦苦闘していたようじゃ。とにかく、北海道にては、官の援助なくば、事業というものは難しい」

「そうだな。だが、北海道には有望な資源が沢山ある。手つかずの土地もある。開拓使が廃止されても、事業を興そうと思えば、いくらでも興せる」

「たとえば」

「麻だ。榎本殿がロシア公使をしておられた時に、寒冷地の北海道ならばと黒田長官にロシアの亜麻種を送られているはずだ。麻布は古くから朝廷に献上され、古式ゆかしき儀式には欠かせぬものだ」

「君らしい話だな。鹿服の話を始めるのか」

「スコットランドでは、リンネルといって、おなごに重宝がられておったではないか」

「おなごの下穿を作る気なのか」

「漁網や縄、それに帆布にテントを作るのだ。亜麻からは色々なものが出来る。きっと北海道の一大産業になると思う」

「まあ、話だけは聞いておく」

「鉄道の方は、どうだった」

「敷設工事は思いの外、うまくいった。当初、空知炭田開発計画では、石狩川を改修し石炭を運搬するとのオランダ技師ファングンド殿の案が有力であったが……」

「安く出来るからな」

「じゃが、開拓使のアメリカ人から異論が起きた。アメリカは鉄道大国だからな」

「なるほど」

「ケプロン殿は、産炭地の幌内から室蘭に鉄道を敷設し、室蘭港から積出するのが、ベストだと。だが、地質調査を行っていたライマン殿から、幌内から幌向太間に鉄道を敷設し、そこから川舟で石狩川を下って小樽港に至り、本船に積替える計画案が提案された」

「ライマン殿からだな」

「そうじゃ。それで両案の決着はつかず、とりあえず明治十二年三月、開拓使鉄道建設兼土木顧問として招聘されたアメリカ人鉄道技師のクロフォード殿が幌内・幌向太間の測量を開始。クロフォード殿は、幌向太から札幌・小樽に鉄道を延長させれば、川船も積替えもいらないとの意見を出された。小樽・銭函間は前年開通した道路を路盤として利用すれば、工事にも目途が付くと。協議の結果、クロフォード殿の案が採用され、小樽の手宮まで鉄道を延長敷設することになり、手宮海岸の埋立て、トンネル掘削、レール敷設とわずか五ヶ月で手宮・札幌間の工事を完成させた。明治十三年十一月二十八日、手宮・札幌間が開通し、新橋・横浜、大阪・神戸に次いで我が国三番目の鉄道となったのじゃ」

「手宮洞窟の事は、どうなった」

「手宮洞窟？　何の事じゃ」

「手宮の洞窟にある文字のような彫刻の事だ。明治十一年、榎本殿が東京大学に報告して有名となったものだ。元々の話は、慶応二年、相州小田原の出稼石工・長兵衛が石材切り出しに行った時、偶然発見したものだ。鉄道敷設工事でどうなるや、気にしていたのだが」

「その様な話、北海道では噂にもなっておらぬぞ。北海道では、鉄道の話で持ちきりじゃ。明治十三年に小樽・札幌間に鉄道が開通すると、山口県から佐伯松助殿が移住地検分選定に来道された話は聞いておらぬのか」

「勿論、聞いておる。今年、軽川という所に停車場ができたのだろう。この地を拠点に手稲山を一望する地に山口村を造るというお話だ。山口村入植の先発隊は、我が郷里の岩国藩の宮崎源次右エ門殿と野村葆殿」

「そうじゃ。来年には第二陣が入植予定じゃ。当初の鉄道敷設計画では、石炭を運ぶという話じゃったが、小樽・札幌間の旅客鉄道と相成った。鉄道が開通すると、札幌への物資運搬が楽になった。なにせ米一升、夏場に三銭から四銭するものが、冬場には十五銭から二十銭にもなったからな。これで山口県からの入植話にも弾みがついた。これからは心配せずともよい。もっとも運賃は上等八十銭、下等六十銭、庶民が気楽に乗れるものではないが」

「そうだな。あれから十年経ったのだな、我らが岩倉使節団員として、日本を発って……」

秘書官殿は出かけた言葉をのみこんだ。

「どうした、秘書官殿は元気がないな。気分でも悪いのか」

「色々な事を思い出した。ライマン殿が鉄道事業へ配置転換されるとはな……」

「問題を起こされたからな」

「今春、とうとう日本を去られた。ライマン殿とは、親密なる交際をさせていただいた。北海道での面白い話をたくさん聞いた」

「ライマンは、君にどんな話をした」

「明治七年夏に北海道の地質・鉱物調査をされた時の話などは、忘れられない。石狩川を遡れば、石狩の大平原。空知の左右の連山には石炭が眠り、上川の地の神居古潭に至ると蝋石の大塊が現れる。ライマン殿は上川の地勢に驚嘆され、お上の臨幸を仰ぐべき地と直感された。あの茫漠たる平原に森々たる樹林、遠山囲繞にして、正東の石狩岳には、盛夏においても尚、白雪を戴いている。この地は、日本のカジュメアであると」

「カジュメア？」

「イギリス人はカシュミアとも言い、アメリカ人はカジュミアとも言っている所だ。日本人はカシミールと言っている」

「どこにある」

「インド北部にある地だ。ムガール帝国時代には皇帝の避暑地で、イギリス統治下にある現在では、イギリス人の避暑地として栄えておる」

「何故にイギリス人は、そのような所へわざわざ行く」

「その地でイエス・キリストが亡くなったという話だ」

「イエス・キリストが。キリストは同胞のユダヤ人に密告されて、ゴルゴダの丘で磔にされたのではないのか」

「そういう話があるそうだ」

「ライマンは、耶蘇教の伝道師なのか」

「そうではない」

「それでは、何者か」

「マサチューセッツ州のノーサンプトンのお生まれで、ハーバード大学を卒業後、ドイツのフライベルク鉱山学校で学ばれ、ペンシルベニア州やインドで石油資源の調査をされておられた。明治五年、開拓使の招待で来日されると、日本各地で石炭・石油・地質調査をされたのは、知っておろう。語学が堪能な方で、ドイツ語、フランス語のほかにロシア語、支那(しな)語にも通じ、日本語も程なくして日常語ならお話しになられた。インドにおられたからサンスクリット語もチベット語も、ベンガル語も勉強されたそうだ」

「本当に上川の地は、日本のカジュメアなのか」

「よほど、インドでの体験が鮮烈(せんれつ)であられたのであろう。お上の札幌行幸(ぎょうこう)の際には、上川の地まで龍駕(りゅうが)を進ませられん事をと申された。その山野の美景は、叡慮(えいりょ)に適(かな)うものと」

「神居古潭(かみいこたん)は山奥ゆえ、仮に石狩川を遡上(そじょう)できたとしても、なお行く手を遮(さえぎ)る自然厳しき地なれば、アイヌの者の案内なくしては、とても行幸(ぎょうこう)などは。ましてやご宿泊なされる所などない」

「ライマン殿は古昔、インドのムガール大帝の旅行には、天幕を用いられたものと」

「ムガール大帝？」

「第三代アクバル大帝のことだ。大帝はイスラム教徒であられたが、仏教徒、ヒンズー教徒、ユダヤ教徒に課していた人頭税を廃し、全インドを統一した英明な君主だ。ライマン殿自身も、北海道の石炭地質調査を行った際、日本人助手たちと共に天幕を張り野宿をなし、山野を踏破された。

　神居古潭の近くには、奈良の三笠山に似た小丘があり、陛下臨御の際、そこに苑囿を定め置かれ、ご遊猟なされれば、彼のムガール大帝のカジュメアでのご境地も察せらるるものと信じておられた。

　北の大平原に実る穀物を植え、神居古潭の地に水車を作り、それで粉となし、さらには亜麻も植えて麻布を織る。そういった光景を思い描かれた」

「何を夢みたいな事を言っておるのだ。釈迦の麻麦の行を始めようとでも言うのか」

「夢などではない。ライマン殿は、神居古潭で見い出される蝋石と大理石で装飾された壮麗な避暑宮と温泉場を築く事を開拓使に提案されたのだ」

「それで、その話はどうなった」

「黒田長官は、札幌の事を第一の眼目とされておられたから、そのような話には耳も貸されなかったが……」

「が、どうした」

「伊藤先生は満更でもなさそうだ。黒田さんを国政に専念させて、北海道の事は岩村通俊さんに任せるような事を言っておられたから」

「随分、開拓使通ではないか。どういう事じゃ」

「伊藤先生と一緒に帰国して、米欧視察の成果を発揮するには、北海道の開拓使事業に従事するのが一番と思い、伊藤先生に就官のことを依頼したが、伊藤先生は政府には法律その他、整備する仕事が山のようにあるから、君はそちらの方面に尽力せよとの命であった。それでも、北の大地への想いを断つことが出来ないでいると、伊藤先生も折れて芝の増上寺の開拓使東京出張所の出入りを許された」

「なるほど」

「ケプロン殿はじめ、ベンジャミン・ライマン殿、ルイス・ベーマー殿、エドウィン・ダン殿、ウィリアム・ブルックス殿といった方々と交際をもつことが出来た。特にライマン殿とベーマー殿とは、親しく交際させてもらった。ベーマー殿は、明治五年に来日されると、東京青山の第一第二官園の主任となられ、多種多様な作物の試験栽培をされておられた。小麦や大麦、豆類などの雑穀を始め、アスパラガス、人参、玉葱、馬鈴薯などの野菜、それに、リンゴ、サクランボ、ブドウ、梨、桃といった果樹なども。第三官園では、エドウィン・ダン殿の指導によって、牛、馬、豚、羊の飼育を行っていたが、その官園も、今年度を以てすべて廃止される」

「札幌もじゃ。ベーマー殿は、明治九年に札幌に来られ、札幌の官園にて実践的指導をされておられたが、その官園は札幌農学校に移管され、その農学校も開拓使が廃止される際、閉鎖されるかもしれない」

「廃使の事は今月、内決したが、黒田長官は今も強く反対されておられる。開拓事業には、特別な想いがあられるからな」

「そうだな。明治四年四月、朝命で開拓次官として米国ワシントンに赴き、開拓事業の顧問としてケプロン殿を招聘して来たのじゃからな」

「ケプロン殿は現役のアメリカの農務長官。グラント大統領の了承も取り付けずに、日本行きをご決断されたそうだからな。ケプロン殿の熱い想いを感じたグラント大統領も、快く送り出してくれたとか」

「北海道の事は、明治新政府の威信をかけての一大事業じゃからな」

「来日したケプロン殿は、明治四年九月十六日、お上と謁見。外務卿の岩倉公と外務大輔の寺島殿に先導され、開拓使長官の東久世通禧公とともに謁見の間に入られ、お上より『科学を研究し勧農の事業に通暁せし由、朕之を欣慕して遠く汝を徴した』とのお言葉を三条公を通して受けられた。お上は並々ならぬ想いであらせられた」

「そういうお話じゃったな。アメリカの前農務長官が北海道におれば、ロシアも迂闊に北海道には手を出せないという事か……」

「そういう下世話な話ではない。もっと宏遠な理想があっての事なのだ」

「そうなのか」

「ケプロン殿は、北の都に理想の街を創られようとされた。札幌の地を花で飾り、日本一美しい街を造られようとされたのだ。大通の花草園の方は、今どうなっている」

「後志通のか。西南戦争で金がないといって取りやめになっている。アメリカから花々を輸入し、ベーマーが手がけておられたが」

「そうか。やはりな」

「ベーマーはドイツ人という話を聞いたが」

「ドイツ系アメリカ人だ。ハンブルク近郊のリューネブルクのお生まれで、ハノーファーの王室造園所などに勤務されておられたが、普墺戦争の戦渦を避けてアメリカに渡られた」

「ヘレンハウゼン王宮庭園は、美しい庭園じゃったな」

「ロンドンのハンプトン・コート宮殿庭園もパリのヴェルサイユ宮殿庭園も、ウィーンのシェーンブルン宮殿も、どれも宏遠なる庭園であった」

「あれは、ロンドンの動物園を訪れた時じゃったな。伊藤先生が、中国古代の苑囿こそが、西洋の植物園や動物園の起源じゃと話されたのは」

「伊藤先生の持論だからな。古代中国において広大な自然庭園に禽獣を放し飼いにし、皇帝が巡狩されたと」

「持論というより、暴論じゃな。西洋文明の起源は、周王朝より始まるものというのは。伊藤先生は、貴公は『孟子』「梁恵王」に、斉の宣王が孟子に『文王の囿は方七十里というが、そんなに大きなものがあるのか』と聞いたとあるのを知っておるかと」

「僕には、そうおっしゃらなかったな。周代の苑は『天子百里、諸侯四十里』と『詩経』にあると」

「伊藤先生は、得意満面じゃったな」

「伊藤先生の論は、古代の苑囿は鳥獣魚鼈を養い、草木を育てるもの。その狩猟歓楽の場は天工を奪うものであると」

「札幌にても、岩村判官の命で偕楽園が、明治四年に開設された。『孟子』「梁恵王」

の『民と偕に楽しむ』じゃ。梅の香漂う水戸の偕楽園と同じ名じゃが、札幌の偕楽園は、いささか趣が異なる。太古の姿そのままに、松や楡の巨木が取り囲み、地には葦や笹が生い茂る。園外からの湧水は清冽な流れとなり、小川となり、蛇行して農学校へと流れていく。川の水は清く、山女は群游をなし、秋には鮭が遡上する。こたびのご巡幸のために、園内に清華亭が設けられたが、正式名は黒田長官命名による『水木清華亭』。精気みなぎる清泉湧出の地に相応しい名じゃ。ルイス・ベーマー殿造園による庭園も見事じゃ。樹木や花々はいうに及ばず、清水流れる池も」

「清華亭が、お上の行在所となるのか」

「行在所は大通に面する豊平館じゃ。本格的な西洋式ホテルじゃ。昨年末に完成した。農学校に近接する清華亭の方は、農学校行幸の折のご休憩所となるとのお話じゃ」

「農学校といえば、クラーク先生もドイツに留学されておられたんじゃな。米国アーマスト大学を卒業後、化学と植物学を学ぶため、ドイツのゲッティンゲン大学へ留学された。そこで化学の博士号を取得されたそうだが、論文は隕石に含まれる金属の化学構造であったそうだ」

「隕石？」

「宇宙から飛んできた石のことだ」

「変わった人だったそうじゃのう。わずか八ヶ月、札幌にいただけで、アメリカに帰られてしまわれた。噂では、農学校の生徒は、イエスを信ずる者の契約をなしたとか。お主は知っておるか」

「話は聞いておる。『聖霊によって恵み豊かに導かれ、天の父の絶えざる御心によって守られ、あがなわれた聖徒の歓喜と希望とが備えられることを』と」

「黒田長官は知っておるのか」

「クラーク殿も変わっておられるが、黒田長官もだ。お二人は明治九年夏、石狩川をさかのぼる旅をされたそうだ。クラーク殿は黒田長官と宗教について語り合い、農学校で聖書を使用する許可を求めたそうだ」

「それで」

「黒田長官は個人的には異議はないが、法律と高官たちが、その見解を許さないと」

「黒田長官は、函館ではキリスト教を禁じていたという話ではないのか」

「それは、政府がキリスト教を解禁する前の話。開港地の函館には、文久の時からロシア領事館附属礼拝堂司祭としてニコライさんが着任され、伝道活動をされておられたから、黒田さんは政府に神道教導職の派遣を求めたりもしたが、それは弾圧などというものではない。明治五年八月に当時次官の黒田さんが、函館の窮民に玄米二俵を施されたのも、ニコライさんが慈善事業をされておられたから対抗されたものだ。ロシアとの間には、樺太問題があったが、キリスト教を迫害せんとする意図からではない」

「何故にそう言える」

「岩倉使節団の時、薩摩人から島津斉彬公は弘化年間にすでに、ベッテルハイムという異人から密かに聖書の知識を得ていたという話を聞いていたから、その話には特別に驚きはせぬがな」

「そういう話なのか。黒田長官も大久保先生同様、米欧を視察されてから、飛び切りのハイカラになられたそうじゃ。米欧視察前には、黒田長官は新橋・横浜間の鉄道敷設に反対されておられたから、鉄道敷設を進める大隈の首を切ってくれねば、安心して出立できぬと大久保先生に嘆願したそうだが、帰国後、大隈先生に土下座して謝ったというからな」

「そういう話だったたな」

「明治五年九月に東京開拓使仮学校内に併設された女学校には、二人のオランダ人女性教師が語学、筆算、地歴に手芸を教えておったな。全く薩摩のハイカラな事には、驚かされたからな。封建の気風が色濃く残る薩摩人にあって、黒田次官が、女子教育を云々するのだから」

「『欧米諸国能く子弟を教育し、児子未だ横裸を免れずして能く菽麦を弁ず、其母固より学術ありて幼稚の時より能く其教育の道を尽すに由なり』」

「何の事だ」

「黒田長官の持論だ、女学を興すは人材教育の根本との」

「菽麦とは何の事だ」

「豆と麦の事だ。伊藤先生の話では、『春秋左氏伝』に豆と麦の区別さえつかぬ愚かな事として「菽麦を弁ぜず」とあるのを、黒田さんは「菽麦を弁ず」と捩ったのじゃろうと。アメリカの女性の聡明なことに感銘を受け、帰国されたという話だからな」

「幼児が菽麦を弁ずるは、その母に学術ありての事か」

「そうだな。でも、いくら黒田さんが洋行帰りとはいえ、島津斉彬公のお考えなくば、女子教育などという事も考えられなかっただろう。ご逝去の十日余り前にも、斉彬公は家計を遣り繰りするおなごを慮って、末々衣食に窮する者なき様速やかに取り計らう様にと、お沙汰を下されたとの話だったからな」

「お上も期待されておられたからな。東京開拓使仮学校だけでなく女学校にも行啓された。女学校は明治八年八月に開拓使仮学校とともに札幌に移転したが、一年も経たずに廃校じゃ。何でも黒田長官は女生徒に芸者さながらにお酌をさせていたとの噂じゃ」

「黒田長官の当てつけだろう。時期尚早を唱える者たちへの。開拓使からの米国派遣の津田梅子、山川捨松等の女子留学生たちも、アメリカでの教育を終えた暁には、天皇家の教師になるとのお話であったからな」

「そうだったな。東京開拓使の女学校といえば、ライマン殿はひと騒動を起こされたな」

「ライマン殿が一目ぼれした広瀬常さんの事か」

「女学校の規則では、北海道在籍者と結婚しなければならないとあったから、ライマン殿は人権侵害だと黒田長官に訴えられたとか」

「そうだったな。その娘さんは、森有礼さんと契約結婚。証人は福沢先生だったな。北海道の開拓使本庁舎も焼けてしまったのだろう」

「そうじゃ。明治六年十月完成するも、明治十二年一月、焼失してしまった。ホルトの設計による壮麗なものじゃった」

「残念な事をしたな。一度、札幌を訪れ、恩師・武田斐三郎先生門弟の蛭子末次郎殿考案の北辰旗が、開拓使本庁舎にひるがえる様を目の当たりにしたいと思っていたのだが……」

「それは残念な事をしたな」

「今度は何時か、新築される札幌駅舎前にたたずみ、ハチャムエプイに沈む行く夕日を見てみたいものだ」

「ハチャムエプイ?」

「発寒にある三角の小山の事だ。土地の者が神山と呼んでおる山だ」

「三角山のことか」

「そうだ」

「また、あの話か。エジプト人は日本人のように胡座をかき、長い煙管でタバコをすっているという」

「そうだ。井上先生と一緒に先収会社を作られた益田孝殿の話では、エジプト人は夜に提灯を点して歩くそうだ」

「文久三年の幕府の池田使節団でエジプトを訪れ、ピラミッドを見た時の話じゃろう」

「そうだ。ロンドンの大英博物館で写真を見たが、こっちも実物を拝(おが)んでみたいものだ」

「お主は、相変わらず浮き世離れしておるのう。現実はそのような夢うつつの世界ではない。世間は開拓使の払下げの噂(うわさ)で持ちきりだ。薩摩(さつま)の黒田が同じ薩摩の五代に北海道開拓使官有物(かんゆうぶつ)を破格の値段で払下げを企てておると。君は変わらないのだな」

「何か音がしたな」

「玄関じゃな。伊藤先生がお戻りか」

「そのようだな」

　間もなくして、汗だくの顔をハンカチで押さえた伊藤先生が、入って来られた。

二　懐古

「何をそんなに楽しげな顔をしておるのじゃ。また、僕(ぼく)の悪口でも言って楽しんでおったのか。何を話しておった」

「……」

「その様に顔を見合わせて。人に言えぬ話か」

「いえ、札幌開拓の話であります」

「ならば、僕も仲間に入れてくれ。札幌の何を話していたのじゃ」

「大友堀の事です」

「大友堀の事か」

「伊藤先生は大友堀の事も、ご存じなのですか」

「勿論(もちろん)じゃ。僕が明治二年八月に北海道開拓御用掛(ごようがかり)を仰(おお)せつかった事を忘れたのか。大友亀太郎(おおともかめたろう)の話は幕末維新に遡(さかのぼ)る。新政府では、北方防備のため蝦夷地(えぞち)開拓が急務となったが、維新当初、兵部省が独自に北海道を開拓することになった。開拓使が設置されたのは、明治二年七月。早くから蝦夷地開拓を志しておられた鍋島直正公を初代長官とし、次官に清水谷公考公、開拓判官に島義勇、岩村通俊、岡本監輔、松本十郎、武田信順が就任した。それで管轄地をめぐり、兵部省と開拓使の争いとなった。この話ならば、君の方が詳しかろう」

「その話ならば、木戸先生から伺っております。明治二年七月、兵部省が設けられると、八月兵部省は石狩、高島、小樽の三郡を管轄下に置きました。兵部省大輔は大村益次郎先生、兵部大丞は大村先生一番弟子の山田顕義先生です。北海道の事は、石狩で軍務官をしておられた井上弥吉殿こと元長府藩報国隊熊野九郎殿が兵部大録となり、石狩役所で取り仕切られました」

「伊藤先生、長府藩報国隊の熊野九郎殿とは、泉十郎に切腹を命じた軍監の熊野九郎殿の事なのですか」

「そうじゃ。元治元年六月、僕と聞多が英国留学から戻ると、長州藩は七月、京都御所の蛤御門で幕府・会津・薩摩軍に敗れ、引き続き八月下関でイギリス、フランス、アメリカ、オランダの四国連合艦隊の襲撃を受け敗北。長州藩は存亡の危機にあったが、長府藩では、蛤御門の変で敗れた勢力を挽回するため、熊野九郎らが盟約を交わし、長府藩報国隊の礎を築いた。報国隊の総督には、野々村勘九郎のちの泉十郎が就任したのだが、これと前後して、僕と高杉さんと聞多が四ヶ国との講和に奔走し、講和談判を成立させた。その後、下関に在住し下関開港説を唱えたものだから、泉十郎ら長府藩士に命を狙われた」

「その時の話ですね。伊藤先生が梅子夫人に助けられたのは」

「そうじゃ。長府藩士に追われ、亀山八幡宮の境内に逃げ込んだ時じゃった。境内の片隅に掘られたごみだめの中に僕が隠れると、茶店のお茶子をしていたお梅が機転を利かせて、そこに腰を下ろして長府藩士の探索を上手くかわしてくれた。功山寺での泉十郎切腹の事は、蛤御門の変後、京を脱出し但馬国出石に身を潜ましておられた木戸さんが下関に来られ、僕らの身の安全を長府藩に掛け合ってくれたからじゃ」

「それで秘書官殿、石狩八幡神社には、木戸先生が兵部省石狩役所を取り仕切っておられた熊野九郎殿の求めに応じて書かれた『文武一徳』と『肇域四方』との文字が刻まれた二本の石柱があるのだ。石狩八幡神社の話は伊藤先生からしていただいた方が宜しいかと」

「そうじゃな。石狩八幡神社は、石狩が江戸幕府の直轄地となった安政五年に蝦夷総鎮守として建立された由緒ある神社で、木戸さんもその当時から蝦夷地の事を気にかけられておられた。石狩には元禄時代に松前藩家臣・山下伴右衛門が建立した弁天社があり、その社には僕が信仰する厳島大明神がお祀りされていたが、安政時代に新たに石狩に八幡神がお祀りされたのも、北のロシアに備えての事じゃ。幕府は会津藩を始め東北諸藩に北方警備を命じていたから、会津若松城落城後、木戸さんは会津藩降伏人をして石狩開拓の任に当たらせるとのお考えで、熊野九郎にその用意をさせておいた。

木戸さんと会津藩との関係は古く、江戸遊学時代までさかのぼる。木戸さんは、秋月悌次郎殿と親しく交際を持たれ、攘夷の成し難きを論じた仲。開明的な思想をもたれておられた秋月殿は慶応元年、保守的な考えの藩首脳から疎まれ、蝦夷地代官となられた」

「秘書官殿、そういう話じゃ。島判官も札幌赴任にあたり、会津降伏人の登用を考えておられたそうだが、兵部省との折り合いが付かず、破談となった。あの時、榎本軍が箱館を占領しなければ、兵部省と開拓使の無用な争いもなく、札幌の首府建設の事は、長州藩のもと会津降伏人の手によってなされていたものなのじゃ。伊藤先生、そうですね」

「そうなっていたやもしれぬな」

伊藤先生は心許なく応じた。

「続けて」

伊藤先生は話を促した。

「井上弥吉殿こと熊野九郎殿が、新政府の軍務官として石狩に赴任したのが明治元年七月。熊野殿が幕府の石狩役所を始め全道の旧幕府役所の引継ぎに奔走されておられた時に、榎本軍が鷲ノ木から上陸し、明治元年十月二十五日、五稜郭を占領した。この箱館の清水谷知事は青森に避難し、青森にて我ら新政府軍の援軍を待たれた。役所の下間、熊野殿は石狩の役所を脱出し、銭函の漁師の小屋に身を隠されました。役所の下役は皆、旧幕府役人ですから。青森に集結した長州軍も熊野殿の安否を気にかけておりました。官軍参謀の山田顕義先生は後志国の歌捨に鰊の買付けに赴かれた際、熊野殿の行方を捜索されました。その甲斐あって、明治二年三月、熊野殿は小樽から海路、青森に避難されました。政府軍は雪解けを待って、青森から北海道へ進軍を始めました。官軍は賊軍と激戦を繰り返し、最後は山田先生率いる我が整武隊が、浦賀奉行与力・中島三郎助守備する箱館千代ヶ岡台場を砲撃、遂には白兵戦に及び、中島父子、壮絶な最期を遂げられ雌雄を決しました。翌日、五月十八日、榎本軍が降伏し、戊辰戦争が終結しました。箱館総攻撃の前には、黒田参謀の命を受けた軍監の村橋久成殿が箱館病院を訪れ、会津遊撃隊長・諏訪常吉を見舞い、講和の交渉を行いました。重病の諏訪に代わり、病院長の高松凌雲が榎本に降伏勧告書を書き送りました。榎本は勧告に応じませんでしたが、オルトランの『海律全書』を添えて黒田参謀に返書を送ってきたという話は、今となっては、すっかり美談となりました」

「分かった、分かった。美談となったところで、それ位にしては」

秘書官殿が痺れを切らして言った。

「何が分かったのだ」

「君の勲功話は、十分に分かった。伊藤先生は管轄地をめぐる兵部省と開拓使の争いの話をしておられたのだ」

「そうであったな」

「伊藤先生、お願いいたします」

「その話はつまり、こういう事なんじゃ。箱館で戊辰戦争が終結すると、北海道では兵部省が石狩、高島、小樽などを管轄したが、函館の開拓使から佐賀藩の島判官が札幌にやって来た。島は嘉永七年に樺太・蝦夷地を巡視した時から札幌を形勝の地と考えていたから、札幌開府の事を進めた。島は函館開拓使の予算を流用し、人夫を総動員して真冬の札幌で開府の事を急いだ。島の独断専行を快く思われなかった東久世開拓使長官は、函館から東京の政府に解任の伺いをたて、島は東京に戻され、お上の温情で侍従となったのだ。島判官の評判は、兵部省においても悪かった。井上弥吉兵部省大輔は、高島と忍路の間にある山に『これより兵部省』との標識を立てるなどして兵部省地を管轄していたが、明治二年冬、開拓使の島判官が函館から札幌に赴任する途中、届書なく兵部省小樽支配人で銭函居住の武平宅に宿を取った。会津降伏人の札幌入植を計画していた兵部省は、開拓使のやることが気に入らぬ。島判官銭函無断宿泊を口実に、港を管轄下に置いていた兵部省は、開拓使の役人に米を売り渡す事が出来ないようにしたのじゃ。兵部省と開拓使の話は、そういう話じゃ」

「それで、伊藤先生は何故、大友堀の事をご存じで」

「兵部省では、札幌で旧会津藩士に開拓事業を従事させせようと計画していたが、島判官札幌開府の事で計画が中止となり、それに代わる黒田樺太開拓使長官による旧会津藩士樺太移住計画も中止となった。そこで、石狩、小樽、発寒に入植させる事になったが、兵部省にても旧会津藩士の事は上手くいかず、一部の者は余市に入植させて、残りは当別に入植させる事になった」

「当別」

「札幌より北東に五里ほどにある所じゃ。この当別の入植の開墾指導をしたのが、佐々木貫蔵と大友亀太郎なのじゃ」

「それで、伊藤先生は大友堀の事を」

「そうじゃ。この当別入植も突然、中止となり、佐々木は札幌に戻り、本願寺移民の事に奔走した。佐々木は福島相馬藩の者で、本願寺名義で兵部省が石狩に蓄えていた広東米を移民たちのために供与してくれた。一方の大友亀太郎の事は、秘書官殿も存じておろう」

「小田原の農民で、二宮尊徳の弟子と聞いております」

「そうじゃ。二宮尊徳と同郷の小田原の農民で、佐々木貫蔵も大友亀太郎も、二宮尊徳の弟子じゃ。二宮尊徳は天保の改革時の利根川分水事業や弘化年間の日光神領地八十八ヶ村の復興を行った者。大友亀太郎は日光神領地八十八ヶ村の復興に際して、下野国桜町で二宮尊徳の破畑人夫となり、水路を開削し、堤防を築き、道路を開き、鋤鍬を取って開墾した。幕府は蝦夷地の開拓を尊徳に託そうとしたが、尊徳は安政三年に病死。嗣子の尊行に蝦夷地開拓の事が命ぜられ、尊行は数名の相馬藩士とともに大友亀太郎を蝦夷地に向かわせたのじゃ。亀太郎は安政五年に箱館奉行付となり、木古内の開墾に従事しておったが、慶応二年、石狩の開拓を命じられ、フシコ・サッポロ川を利用し、札幌と石狩を結び、石狩平野を一大農郷にせんとした。この話なれば、開拓使工業課の者の方が、詳しかろう」

伊藤先生は、秘書官殿の様子を窺った。秘書官殿も微笑みをもって、話を促した。

「では、秘書官殿、宜しいかな」

「何なりと申されよ」

「それでは。大友殿は、先ず伏古川上流の地に道路と橋を作り、食料や物資を石狩湾から舟で遡上させて、札幌元村を造った。この伏古川は、開拓使庁舎より東北東に一里も行かない札幌元村を源として、北東へ丘珠村へ流れ、そこで北に向きを変えて篠路で石狩川に合流する。

札幌の南方を流れる豊平川も、この伏古川をたどって北に流れ、篠路で石狩川に注いでいたが、寛政年間の洪水で流路を東に変え、対雁村で石狩川に合流するようになった。それ以降、北に流れていた河道をフシコ・サッポロ川と呼ぶ慣わしになったのだ。

明治三年、開拓使は柏崎県から二十二戸九十六名を札幌新村に移民させるが、その時、大友殿が開村された札幌元村には、和人民家二十三戸にアイヌ人家居三戸があったとの事だ」

「さすがに開拓使工業課だけの事はあるな」

「有難うございます。伊藤先生」

「それで、次は大友堀の話じゃな。幕府は既に安政四年春に旗本十戸を発寒と星置に移住させていたが、幕府より命じられた大友亀太郎の使命は、札幌の地に御手作場を作ることじゃった。今風に言えば模範農場じゃな。そのため大友亀太郎は、札幌南端の胆振川の水を引き、南北を縦断する一筋の水路を引き、札幌の北端より蛇行させて、大友亀太郎の御手作場に流したのじゃ」

「それが、大友堀の始まりということですか」

「そうじゃ。それで、今度は維新じゃ。亀太郎は維新の動乱に翻弄された。兵部省出張所石狩国開墾掛に続き開拓使掌として新政府に仕えるも、明治三年八月、兵部省管轄の石狩、高島、小樽、白糠、足寄、阿寒が開拓使に引き渡され、黒田さんが兵部大丞から開拓次官に就任すると、札幌開府の事は島判官の後任の土佐の岩村通俊によってなされた。亀太郎が明治四年に故郷の小田原に戻って行くと、札幌開府の事は、同じ二宮尊徳門弟で相馬藩士の佐々木貫蔵が岩村判官の配下に入り、引き継いだのじゃ。佐々木貫蔵は、亀太郎がなした大友堀を舟が通行できるように整備拡張し、札幌の地を東西に分ける一直線の水路となし、今の札幌の礎を築いたのじゃ。亀太郎の造った大友堀が創成川と呼ばれるようになったのは、島判官が札幌開府の際に縄張りした所に岩村判官が創成橋と名付けた橋を架けたからじゃ。いつしか土地の者が、創成川と呼ぶようになったというのじゃ」

「そういうお話でしたか」

「どうじゃ。畏れ入ったか」

秘書官殿が頭を下げると、伊藤先生は無邪気に笑われた。

「秘書官殿の話は、現地に足を踏み入れたことのない者の聞きかじりじゃからな」

「そう申すな。ところで伊藤先生、島判官は円山に登り、国見をされたと聞いておりますが」

「そうじゃ。島判官は札幌建設の縄張の基点を今の創成橋とし、円山神社と対面させている。円山は三方を山で囲まれ、残る一面が札幌市街に対峙し、円山に向かって後志通こと通称大通が延びておる」

「君は知らぬと思うが、島判官は密かに阿倍比羅夫公を札幌神社の主祭とし、円山にお祀りされるつもりだったという話もあるのだ」

秘書官殿は、誇らしげに言った。

「飛鳥の御代に蝦夷地の後志羊蹄に政所を定められた阿倍比羅夫公のか」

「そうだ。ところで伊藤先生、大友殿の役宅は島判官によって移築され、開拓本庁舎が出来るまで、仮庁舎として使われていたという話ですが」

「そういう話じゃったな」

「島判官後任の岩村判官は、佐々木貫蔵殿の意見を取り入れ、街づくりの起点を開拓使本庁舎に置いてなされたと聞いておりますが」

「そうじゃ。開拓使庁舎の正門は、島判官の計画では南面なるも、東面しておる。南面させるが支那流、東面させるがあちら流じゃな」

「伊藤先生、新政府は島判官のご献策を採用されなかったと申されるのですか。何を根拠に」

「札幌神社だ」

「札幌神社」

「島判官は札幌に伊勢大神宮か、あるいは鎌倉の大塔宮に模したものを創建せんとしたが、新政府はこれを認めなかった」

「伊藤先生、久米邦武先生のお話では、島判官は枝吉神陽殿から国学を学ばれ、大隈先生始め副島、大木、江藤といった維新にご活躍された佐賀藩の方々は、嘉永六年のペリー来航に先立つこと三年前の嘉永三年に、楠木正成・正行父子忠義を讃えるために佐賀城下で結成された義祭同盟に参加されたと聞いておりますが。何故に明治新政府は、島先生のご献策を採用されなかったのですか。大塔宮は後醍醐天皇の皇子であられる護良親王をお祀りしているお宮では」

「そうじゃ」

「そうなら、何故に」

「北海道開拓の守護神は、大国魂神・大那牟遅神・少彦名神の出雲の三神なのじゃ。この出雲の三神は、お上の命により、お上のご祖父であられる神祇伯の中山忠能卿が明治二年九月一日、降霊されたものじゃ。明治四年九月十四日には、『新に神殿を造り、神器と列聖皇霊とをここに奉安し、以て万機の政を視んと欲す』との詔があった。この神器は天祖威霊の憑る所じゃ」

「ところで君は、札幌の円山の元の名を知っておるか」

秘書官殿はまた、異な事を言い出してきた。

「何というのじゃ」

「小さな岩山を意味するモイワ山だ」

「どこで、蝦夷語を覚えた」

「東京の開拓使仮学校の教育所で密かに学んだ。北海道の対雁村からアイヌの年少者を呼び寄せ、読み書き・算盤・裁縫を学ばせ、年長者は第三官園で農業技術を学ばせていた。男子は開拓使仮学校の、女子は附属女学校の教室で学ばせ、増上寺の子院に寄宿させていた」

「黒田長官は儒教を学ばせようとしたとの話であったと聞いたが」

「そうだ。黒田長官は儒教を学ばせ文明化政策の意義をくみ取らせようとされたが、大自然の中で生活していた人々ゆえ、なかなか上手くいかなかった。東京ではアイヌの習慣や言葉の使用を禁じていたから、手荒な事をするとの非難もあった」

「松本大判官が辞表を提出したという話じゃな。長きにわたり、男たちは山野に狩りに出かけ、仕留めた熊や鹿の霊に弓をかざし祈り、女子たちは口琴の音に合わせ歌い円舞し、神に感謝する者たちじゃからな」

「熊や鹿といった動物だけでない。太陽や月、山や川、火や水、その他もろもろの自然は、神が人間生活のためにもたらしてくれたものと信じている。それだけではない。アイヌの人達は、人間が作った鍋や籠といった生活有用な道具にも、神への感謝を捧げる」

「あのグラント大統領のクエーカー政策も、上手くいっておらなかったからな」

「そうだな。アメリカン・インディアンの人たちも、アメリカの大地で何千年もの間、自然を敬い生きてきた人たちだからな」

「それで、円山がどうした。藻岩山なら、円山の隣にあるが、何故に、円山がモイワ山なのじゃ。ならば藻岩山は元は何という名じゃ」

「インカルシペだ」

「インカルシペ。何という意味じゃ」

「いつも上って見張りをする所という意味だ」

「確かに、藻岩山は札幌を一望するには持ってこいの山じゃ。何故、そのような事になった」

「維新の入植者が、モイワ山を円山と呼び、隣にあるインカルシペを藻岩山と呼んだからじゃ。島判官はお上から授けられた開拓三神を携えて札幌へ入られたとのお話じゃが、旧幕臣の話では、大友堀北端から札幌元村に出る道端に、早山清太郎と申す者が建立した出雲の神の社があり、そこに仮小屋を造り、開拓三神をその仮宮にてお祀りしていたという話だ。その早山清太郎は、明治四年の札幌神社遷宮祭で猿田彦の面を付け、御神体を先導したそうだ。札幌では、天津神を出雲に導いた猿田彦神さながらの活躍であったという事だ」

　そこで静観しておられた伊藤先生が、話を遮った。

「早山清太郎は福島の者なれば、さもありなんの事じゃ」

「伊藤先生は、早山清太郎の事も知っておられるのですか」

「早山清太郎は、安政四年に福島西白河郡から移住して来た者じゃ。開拓使より御宮地所並開墾新道新川其外掛を命じられ、島判官を案内して円山を検分した者だ。荒井村の者じゃ」

「荒井村」

「安政六年、荒井金助という幕吏が石狩調役となり、早山清太郎に札幌付近の農耕に適した土地を調査させ、入植させた村だ。この荒井金助という幕吏は嘉永七年、島義勇、榎本武揚、郷純造らと樺太・蝦夷地の調査を行った者だ。郷純造の話では、荒井は文久三年、箱館へ転勤となる際に、『石狩の地、他日必ず一都府となり、天皇の臨幸を仰ぐべし』の言葉を残し、石狩を後にしたという。安政以前より石狩の地に府を置くという話はあったようじゃが、安政四年に松浦武四郎が札幌の地に府を置かば、石狩は不日にして大坂の繁盛を得べくとの建議をしたと聞いておる。維新の時、鍋島閑叟公は、大久保さんの大坂遷都論に対して、大坂は首都に適さず、都は江戸に移し東北を制し、後来、事情によっては蝦夷カムサッカに向けて開拓の途を建てるには、江戸より以北に都を移すのがよいとの論を持たれておられた」

「伊藤先生、開拓使初代長官であられた閑叟公は、主席判官に島殿を任命し、本府建設を命じられたのです。島判官も閑叟公の期待に応えるべく、札幌を五州第一の都との詩を詠まれたお方なのです。何故、新政府は島判官の献策を用いられなかったのですか」

「それは、猿田彦が何者かという事なのだ」

秘書官殿が口をはさんできた。

「秘書官殿は、そのような事も知らぬのか。猿田彦は神武天皇東征に際し、道案内された国津神ではないのか」

「だから伊藤先生は、鍋島閑叟公は北海道の開拓神として出雲三神を祀られるも、天津神を祀られることはないとおっしゃっておられるのだ」

「それは異な事ではないのか」

「異な事ではない。久米先生のお話では、肥前の古い家筋では、そうではないのだ」

「肥前の古い家筋では、そうではない？　秘書官殿、どういう事なのだ。神武天皇が国津神というのでもあるまい」

「まあ、御両人とも、この話は九州人に任せておいて、今日はこれまでじゃ。今日、君を呼んだのは、頼みたい事があっての事じゃ」

「何でしょうか」

「秘書官殿は、ちと席を外してくれたまえ」

伊藤先生は視線をドアに向けた。

「分かりました」

秘書官殿は部屋を出て行った。

三　内密

「お上は間もなく、有栖川宮と大隈さんらを供奉として東北・北海道の巡幸に出られる。君にその方面に旅をして欲しいのじゃ」

「随員なれば、秘書官殿の方が適任では」

「秘書官殿では駄目なのじゃ」

「どうしてですか」

「面が割れておるからじゃ。忍びの者にならぬ。それに貴殿ならば、大隈さんとも面識があり、大隈さんに怪しまれることもない。そのほかにも頼みたい事がある。詳細は山田さんに話してあるから、山田さんの所へ行って聞いてくれ。秘書官殿の方は、別途の役目を考えておるのじゃ。山田さんとは、農場の話もあるのじゃろう。十月初旬に戻って来てくれ」

「分かりました。山田先生とは積もる話もありますから」

た。これを使うとよい」

「君は開拓使吏員じゃから、顔なじみもおるじゃろうが、念のため一筆書いておいた。これを使うとよい」

「有り難うございます」

「それでじゃ。山田さんの所へ行く前に、大事な話をしておかねばなるまい。北海道にいた事じゃろうから、東京の政情にうとくなっておろう。政局の事を少し話しておく。宜しいかな」

「是非、お伺いしておきたい所です」

「先ずは、明治八年四月十四日の漸次立憲政体樹立の詔のことじゃ。話は聞いておるか」

「お噂は耳にしております。お上は五箇条のご誓文のご主旨を実現すべく、政府に改革を促されたと聞いております。お上は、明治元年三月十四日紫宸殿にて群臣を率いて『広く会議を興し万機公論に決すべし』を始めとする五事を天神地祇にお誓い遊ばされましたから」

「あの時は、お上に代わり副総裁の三条公が、神座の前に進み祭文を奉読し、神座を拝し五箇条の誓文を奉読された。そのあと総裁の有栖川宮熾仁親王殿下に続き、三条公以下公卿諸侯が五事をご誓約された。お上は、旧来の陋習を破り天地の公道に基き、智識を世界に求め、我国未曾有の変革を為さんとして、『朕躬を以て衆に先んじ天地神明に誓い大に斯国是を定め万民保全の道を立んとす』と宣言され、『此旨趣に基き協心努力せよ』と三条公以下公卿諸侯に命ぜられた」

「それで、お上は再度、明治八年四月十四日の漸次立憲政体樹立の詔において政府の改革を促されたというお話は聞いております」

「そうじゃ。ご誓文の意を拡充し、元老院を設けて立法の源を広め、大審院を置いて審判の権を強固にし、又地方官を召集して民情を通し公益を図り、漸次に国家立憲の政体を立てることをお望みになられた。

　明治政府は明治元年閏四月二十一日、誓文の旨趣に従い政体書を出し、太政官の権力を立法、行法、司法の三権に分け、権力の偏重の弊害がないようにした。政体書は、立法官と行法官の兼務を禁止し、各府藩県から出された貢士を議員とする議事の制を立てた」

「政体書の話は、秘書官殿の自慢話でした。明治二年三月に開設された公議所に関しては、横浜新報などは『開化文明の一大変革というべく、世界中これまで庶民この権のありしは独りアメリカ合衆国のみにして、その余の国には決してなかりし事なり』と報じたと」

「君は、もしあの時、国会が開かれておったら、どうなったと思うか」

「……」

「森有礼の兄様の事を知っておるか」

「明治三年七月、集議院門前で割腹された横山正太郎殿のことですね。話は大久保先生から聞いております」

「あの時、もし国会が開かれておれば、征韓論士族が多数を握り、文明開化の策は退けられていたに違いない。横山さんは、集議院での士族の論に憤り、集議院門前で自決されたのじゃ。君も廃刀の事には反対じゃったろう」

「勿論です」

「幕末にも、幕府の開国派が国民の意見を集約せんと、言路洞開という事を言ったが、この策の行き着くところは、浪士徒党の放言をもたらすものとなってしまった」

「伊藤先生は、漸進論で行くということですか」

「漸進論でも急進論でもない。国会開設の事は時期を要す。お上は明治二年九月の御沙汰書において、『今後天下衆庶と共に衆庶の政を為し、且つ会計の事に於ても、愈議事の制より生候様無之ては相行われ難く、実に皇国御基本も此事の成否に関係致し候』と述べられておられる」

「国の予算に関しては、国民の審議を経る事が肝要だと」

「そうじゃ。お上は、また独裁の風の弊害を懸念されておられる」

「立憲君主政体のお話かと。その事ならば、承知しております。木戸先生のお話では、維新に際して日本も将来どうしても憲法政治を施行せねばならぬという論議が起こり、国法御会議が組織され、大臣参議と制度局の二、三員を議員とし、毎月二、七の日を期して御前会議が開かれ、お上に文明開化の世にふさわしい皇帝学が授けられたとの事でした」

「よく知っておるではないか。それでは、加藤弘之さんの事もか」

「勿論です。加藤先生は御前会議に参列したご縁から、憲法に関する講義をする事になられたそうです。木戸先生のお話では、明治三年、お上十八歳の御時の事でありますから、専門的な事を申し上げてもと、加藤先生が一週二、三日西洋の本から憲法に関する事柄をお話しする事となられたとか」

「そうじゃ。加藤さんは、立法行法司法の三権分立の事から、市町村自治制及び一七〇〇年末より一八〇〇年中葉に至る欧州憲法史の大略を抄訳しお話しされたが、翻訳許りではと、ドイツ語をＡＢＣから勉学される事になった。しかし、稽古中にも太政大臣等が政治の事で参上して、ご学業の障害となった。そこで加藤さんが、参議で宮内省顧問官を兼官していた木戸さんと相談し、再び抄訳に依る講義を始める事にしたのだ」

「ブルンチェリーの『国法汎論』をお話しされたと聞いておりますが」

「そうじゃ。学説が穏健で余り古風でないブルンチェリーの『国法汎論』を翻訳し、お上に憲法、三権分立、市町村自治制の大意をご説明された。

お上はご勉学を進められ、明治九年九月七日、元老院議長の有栖川宮熾仁親王を御座所に召し、岩倉右大臣侍立下に、『広く海外各国の成法を斟酌し以て国憲を定めんとす。汝等それ宜しく之か草按を起創し以て聞せよ。朕将に撰ばんとす』との勅語を下された」

「明治八年四月十四日の漸次立憲政体樹立の詔の事を有栖川宮に促されたという事ですか」

「そうじゃ。この時、国憲制定の大事業は、元老院の手によって行われることとなった。お上は、その際、アルフュース・トッドの『パーラーメンタリー・ガバメント・イン・イングランド』を有栖川宮に手渡された」

「お上は、どうしてそのような洋書を」

「宮内少輔の吉井友実さんが、渡欧した際、買い求めたものをお上に贈られたものじゃ」

「では、元老院の国憲制定事業は、英国を模範としたものなのですか」

「そうじゃなあ、一昔の英国政治を参考にしたと言った方がよかろうか。元老院議長の有栖川宮は柳原前光、福羽美静、中島信行、細川潤次郎を起草委員に任じ、国憲を起草することを命じられた。国憲の草稿案は三ヶ月で出来上がり、明治九年十二月に議長有栖川宮に台覧され、明治十一年五月に定本となった。その定本は『日本国憲按』と名づけられ議長有栖川宮に捧呈された」

「国憲制定の事は、そこまで進んでいたのですか」

「そうじゃ。この国憲草案は、柳原、福羽、中島、細川の四議官が学者を集めて研究しただけあって、よく出来ておった」

「よく出来ておったとは」

「西欧の憲法を踏まえて、維新革命の成果を盛り込んであった。『およそ日本帝国の人民たる者は皆日本帝国の権利を有す』、『人身の自由は侵す可からざる者とす』、『財産は侵す可からざる者とす』『国民は各自に信仰する所の宗旨を奉ずること自由なりとす』、『国民は予め検査を受くることなく出版に由てその意志若くは論説を公けにすることを得』、『国民は兵器なく平穏に集合するの権また会社を結ぶの権を有す』

等々。国憲が定める国政の運用においても、細目に亘らず、大体を掴んでいて、よく出来ておった」

「それでは、元老院の日本国憲按をもとに、国憲が制定される事になるのですか」

「そうではない」

「そうではないとは。何か問題でもあったのですか」

「元老院の『日本国憲按』では、皇帝、元老院及び代議院が合同して立法の権を行う事としていた。これは英国の『キング・イン・パーリヤメント』というものじゃ。英国の政治憲法は、英国の歴史から生まれたものじゃから、英国史を知らねば英国の政治憲法は解らないものなんじゃな」

「伊藤先生は、英国の政治を日本の模範とされておられたのではないですか」

「そうじゃ。じゃが、元老院の日本国憲按には、皇帝という字を用いておったのじゃ」

「皇帝。天皇ではなく」

「そうじゃ。支那流の皇帝という字を用いるという事は、お上が政治に直接かかわるという事じゃ。元老院の日本国憲按には、『皇帝は行政の権を統う』、『皇帝は諸官吏を命じ且つ之を免ず』、『皇帝は法律を確定し及び之を布告す』としておった」

「天皇ご親政の事は、維新の国是では」

「そうじゃが、政治には誤りが付き物じゃ。支那の王朝が交替するのも、政治に誤りが付き物じゃからだ。皇帝の字は、我が国の国体に反するものじゃ。他にも熟慮すべき点が多々あった」

「それで、どうされたのですか」

「岩倉公には、日本国憲按を上奏されないように申し上げておいた。元老院の日本国憲按には、皇位継承の事や摂政の事を国憲中に細かく書いてあった事も気になったしな」

「それで岩倉公は」

「岩倉公も同じ考えじゃった」

「お上は」

「明治元年の『万機公論に決すべし』とのご誓約以来、国会開設の事はお上の宿願じゃ。元老院の日本国憲按の上奏を反対したことで、国憲制定に岩倉公と僕は後ろ向きとの批判を受けた。また、国会開設の論においては、左院からも批判されていたからな」

「大蔵省を批判する者たちの事ですか」

「そうじゃ。各方面から予算を握る大蔵省に対する批判が起きていたが、左院における国会開設議論も大蔵省の権力と共和政治を牽制するために起きたものじゃった。薩摩の高崎五六などは、知識の開化により共和政治思想が流布し始めている。今日、わが国の国体が共和政治と異なるゆえんを全国民に示す必要があると訴え、左院議長の後藤象二郎に国是確定の建議を提出した。左院副議長の江藤新平は大蔵省と外務省の反対を押し切り、神祇大輔の福羽美静と教部省を設立した」

「開化政策に批判的な勢力が国会開設に積極的で、開化政策を推し進めてきた勢力がより保守的な立場に立ったとおっしゃるのですか」

「そうじゃな……、神道と仏教と形骸化した儒教を動員し、キリスト教思想と共和政治思想に対抗せんとしたのじゃな。この問題は、一昨年の明治十二年九月に布告された教育令を制定する際にも蒸し返された。お上からも、侍講の元田さんを通じてご下問を受けた」

「お上は、どの様な」

「晩近専ら知識才芸のみを尚とび、仁義忠孝を後にしては、将来の恐るる所。祖宗の訓典に基づき専ら仁義忠孝を明らかにし、道徳の学は孔子を主として、人々誠実品行を尚とび、その後に知識才芸をとのお話じゃった。近年の弊風が目に余るものだからな。ご懸念も分からなくもないが……」

「それで、伊藤先生は何とご奏上されたのですか」

「近年の風俗の弊は、維新の際に、第一に鎖国の制度を改め、交際の自由を許し、第二に封建を廃して部門の規律を解き、古今非常の変革を行ったもの故、その勢已むを得ざるものもあり、その弊端の原因は教育の失に非ずと申し上げておいた」

「それで、お上は」

「色々、議論もあったが、最後は僕の論を受け入れてくれた。僕の論は、鎖国の制には、淳風美俗あれども、人心を拘束し、耳目を制限し、他に企て望むを得ざらしむるものであり、封建の紀律は、戦国の世に名に死するを以て栄とし、生を計る者は汚とし、まして利を言う者は。封建の世にては、運輸通ぜず、人民居留の自由もなかったが、維新の大改革において、廟堂深く宇内の大勢を察し、盡く鎖国封建の旧を改め、我が人民、意の向かう所に従い、自由なる事を得しめたものであると。

　お上の背後にある者たちは、今日の弊風は新政府の教育の失敗にあるとの論なんじゃな。封建の遺風を恋慕するは、勝手なれど、それをもって童に教育を施すとなれば、話は別じゃ。僕はお上にご意見申し上げた。『若し夫れ古今を折衷し、経典を斟酌し、一の国教を建立して、以て世に行うが如きは、政府の宜しく管制すべき所に非ざるなり』と。これは、政治を預かる者が肝に銘じておくべきものなんじゃな。今もし、その弊を見るに当たり、早急に改め矯正を求めても、他に大なる弊が生じるものじゃ。維新の事も、末弊を救うに急にして、大政の前轍を変更し、更に旧時の陋習を回護するが如きことあらば、宏遠の大計画も消滅しかねない。我が国維新の大改革は、皇祖皇宗の遺訓なんじゃ。篤く祖宗の遺業を守る所以なんじゃな。『我カ皇祖皇宗国ヲ肇ムルコト宏遠ニ徳ヲ樹ツルコト深厚ナリ』とするところなんじゃ。教育を施す者も、この精神を肝に銘じ、道を誤ることのないようにせねばならぬ。維新改革の評は、後世百年後の人に委ねるべきもの、今早急に改めるべきものではないのじゃ。時計の針を巻き戻すことはあってはならないのだ」

「封建の世の陋習の事は、木戸先生も盛んに、その弊害を説かれておられました。御誓文にある『旧来ノ陋習ヲ破リ天地ノ公道ニ基クベシ』は、木戸先生のご発案と伺っておりました」

「そうじゃったな。五箇条の御誓文も、福井藩の由利公正の案の方が、土佐藩の福岡孝弟の修正案より、維新の大改革の精神が体現されていて、よかった」

「……」

「お上は、その後も憲法のご勉学を進められ、色々な人からご意見を聞かれた」

「例えば」

「米国前大統領グラント将軍じゃ。明治十二年六月、来日された際にも、お上は、直々に議会政治に関する所見を求められた」

「グラント前大統領は、何をお話しされたのですか」

「立憲政治の特質をお話しされた」

「立憲政治の特質を」

「そうじゃ」

「グラント前大統領には、木戸先生は随分、失望されておられました。確かに、グラント前大統領は、南北戦争において北軍を勝利に導かれた偉大な将軍であられましたが、大統領としての評判は、どれも芳しいものではありませんでしたから」

「そうじゃったな」

「それに、アメリカ政府は、岩倉使節団に好意的とは言えなかった事は、伊藤先生が一番、ご存じの事かと」

「そうじゃったな。キリスト教徒を弾圧し禁教を続ける明治政府の政策には、厳しい批判を受けたからな」

「グラント前大統領の取巻きには、異教徒とは、交際できぬとの類の人物もおりましたから」

「そうじゃったな。じゃがな、グラント前大統領その人は、大変、立派な方なんじゃ。来日された時も、我が国の事を思い、親身になって話をされた。特に日本清国両国が対立していた台湾の帰属をめぐっては」

「どの様な」

「外国の干渉を招かぬようにせしめる事が肝要じゃと。グラント前大統領自身の欧州諸国との外交経験では、欧州諸国はただアジア人民を屈従せしめんと欲し、只管私利をのみ謀り、日清間に事起これば、これ幸にと自らの利益を占めんとするものだと。日本と清国は元来同一人種にて、旧好の国なれば、双方相譲る所あらば譲り、双方の面目を汚さぬ様に示談にて和議を整え、両国間の親和長久を計るべしと」

「グラント前大統領は、そのような事を申されたのですか」

「そうじゃ」

「それで、グラント前大統領は、お上に立憲政治の何をお話をされたのですか」

「政党政治の話をされた」

「政党政治の」

「そうじゃ。およそ文明の諸国において存在を常とする政党は、相互に牽制し暴政を防ぐための要具であると」

「牽制ですか」

「そうじゃ。文明社会の議会政治には、健全な政党が相互に均衡していて、牽制している事が肝要なのじゃ。利害の異なる政党が、寛容な精神を以て相互に牽制することで、そこに文明の漸進的な進歩が生まれるのだ。イギリスの保守党と自由党のように」

「議会そのものを認めない者もおりますが」

「グラント前大統領はお上に、民選議院設立は万国皆必要なもので、欧州各国はロシアのような国でも立法のために民選議院を設けているとお話しされた。そもそも政府は君主政体と共和政体とを問わず、人民に依拠して立つ政府より強固なものはないと」

「人民に依拠して立つ政府ですか」

「そうじゃ。人民に依拠して立つ政府は、当局者が人民の意向と利益を容易に察知するものであると」

「それが民選議院が開設される所以ですか」

「グラント前大統領は、日本においても議院は早晩開設せざるを得ない。ゆえに時が至ったなら斯くの如き議院を開設すべしとの方針を政府が示すことになるものと、お上にお話しされた。その際、グラント前大統領は、人民も将来必ず国会が開設される事を認知して、その責任を負担するに足る識量を涵養する必要があるとお話しされたのだ。俄かに国会を開設することは極めて危険で、国乱の元になると」

「国乱の元とは、グラント前大統領らしい、ご忠告です。岩倉使節団時に木戸先生がアメリカとの条約再交渉に反対されたのも、アメリカ人は日本人を異教徒と蔑みを持って見るが、アメリカの議員吏員の不正を見れば、キリスト教倫理も地に落ちたものだと」

「そうじゃったな。議員官吏の不正に苦悩するアメリカ大統領らしいご意見じゃな。議会を設けたとしても一時が悉く良い結果を得るものではない。慎重に人民を教育し徐々に結果に接近させる方法が確実であると、お上にお話しされた。それには、先ず立法権のない討議権だけの顧問議院を置き、国内の有力者を徴集し、議員にその負担する責任の性質を認識させる事が必要だと。君は議員の責任の性質を何と、心得る」

「難しいお話になって来ました」

「米欧経験ある君にして、その程度なのだからな。グラント前大統領は、結局議会政治の成否は、人民に選挙権と参政権との何たるかを認識させることだと、お上にお話しされた。どういう事じゃと思う」

「大久保先生は『郡区町村編制法』『府県会規則』『地方税規則』の三つの新法を制定され、地方の民費に関するものは府県会の決議を経なければ府知事・県令の職権を以て徴収又は支出する事が出来ないとされました」

「そうじゃな。文明国のイロハじゃからな」

「封建制にては領主が農民から年貢を取り立てますが、文明国においては、税を納めるは国民の義務である事は言うまでもない事ですが、取り立てられた税の使い道を議論する権利があります」

「まあ、そういう事じゃな。大久保さんは将来開設が予定される帝国議会への布石として、府県会及び区町村会を設立されたのじゃからな。じゃが、グラント前大統領は、お上にもっと深い意味で、議員の責任の性質の事をお話しされたはずじゃ。グラント前大統領は、その確実な方法は教育にあると。グラント前大統領は、何を言わんとしたか分かるか」

「俄かには、分かりかねます。その深い意味とは」

「文明国の教育は、文明社会で生きていくうえでの知識を授け、職業人として社会に貢献する人間を育成するものじゃ。政談の徒は、愛国憂国と言って威勢はよいが、彼らが自分で思っているほど、社会には貢献していない。むしろ害じゃ。政府は文明社会の進歩、大きく言えば人類の進歩という事を肝に銘じて、国民を教育する事じゃ。これが今日の勤王論じゃ。グラント前大統領も日本の教育の普及は、目覚ましいものがあると称賛されておられた。何しろ、日本の教育制度は、田中不二麿が岩倉使節団の文部理事官として、米欧の教育制度を視察研究し、米国の制度を基礎としたものであるからな」

「確かに」

「我が国自慢の小学校の科学教育には、ロスコウ教授の『小学化学書』が使われておるのじゃ。これは欧州最先端の化学教育法なんじゃな」

「ロスコウ教授？」

「ロスコウ教授はロンドン大学で、アレキサンダー・ウィリアムソン教授から化学を学ばれた方なんじゃ。ロスコウ教授は『小学化学書』のなかで、蝋燭の燃焼実験に際して、教師がいたずらに事物の理を論じ、生徒をして暗記せしめんとする事を戒められておられる」

「事物の理を論じてはいけないのでしょうか」

「いたずらにじゃな。理化学にあっても盲目的に暗記暗証せしめてもな。その要する所は、燃焼実験に際して、生徒に直に事物の造化に接しせしめ、自らその妙理を悟らせしむる所にあるのじゃな」

「教育は、驚きにあると」

「先ずは見て不思議に思わせる事じゃな。それから、目に見えぬ背後の理を教え悟らしめるのじゃな。さすれば、生徒自ら事物を見てその理を考える慣習を増す。ロスコウ教授はその上で、時に問いを設け生徒をしてこれに答えせしめ、学力の進歩を見ることも必要だと説かれておられる。児童に自然科学を講究する精神を養せしむる事こそが、文明社会を生きていく人間の礎となるのじゃな。それは延いては、父兄にも及ぶものとなるから、児童の誘導は重要じゃ。大人は頑迷な迷信を信じる封建社会の遺民じゃからな。昨今、小学校の科学教育は難しくて日常生活に役立たぬと、大人が率先して、小学校へ行かせなくしておる。じゃがな、幼い頃の素養が成人となり一国民となった暁には、文明の進歩とは何たるかをよく知る議員を選出することが出来るようになるものなのじゃ。この礎なくば、五箇条の御誓文にある『上下心ヲ一ニシテ盛ニ経綸ヲ行フ』ことも、画餅に帰するものになるのじゃ。横井小楠の説くところのものじゃな」

「そういう、お話でしたか」

「じゃが、そう言っても文明社会に問題がないわけではない。特に政治社会においてはな。何じゃと思う」

「政治家や役人の腐敗の問題でしょうか」

「もっと大きな問題じゃ」

「大きい？」

「僕の言う私欲はもっと大きい問題なのじゃ。文明社会における私欲の問題じゃ。岩倉公も維新当初、公地公民制を考えておられた。飛鳥時代から行われた公地公民の原則に従って、朝廷は人民に口分田を与え、租税を納める義務を課す事を考えておられた」

「版籍奉還により、全ての土地と人民は公のものとなったのですから、公地公民制は当然の帰結かと」

「左様。しからば、何故に明治新政府は、かようにしなかった」

「……」

「それでは、大化元年の公地公民制は何故、崩壊したのじゃ」

「貴族が土地を私物化し、荘園を拡大したからです。奈良朝には、朝廷も三世一身法や墾田永年私財法により、土地の私有を認めざるを得なくなりましたから」

「何故、認めたのか。朝廷は貴族に無力であったからか」

「そうです。そうではないのですか」

「私欲を認めたからじゃ」

「私欲を」

「私的所有を禁じた公地公民制では、社会が停滞したからじゃ。この私欲なくば、米の増産も新田の開墾も進まなかったからじゃ。さすれば、明治新政府が、私的所有を認めたのは、いかなる事になる」

「私欲を認めたという事ですか」

「そうじゃ。この私欲なくば、新たな事業を興す者もなく、社会は停滞する。封建の世が停滞したのも、何百年にわたる親の家業を子が継ぐという事を繰り返したからじゃ。私欲という言葉が悪ければ、自由の権と言ってもよい。明治新政府は、この自由の権に社会を託したのじゃ。三千二百余万の民 各 己れの権利を達せんが為に」

「それと、岩倉公の憲法構想と何か関係がおありなのですか」

「岩倉公もイギリスの政体を理想とされておられたが、日本ではまだ、その時機に至っておらぬと」

「中江さんが盛んに論じておられた、ブルジョワジーとシトワイヤンの問題ですか」

「それは理想と言えば、理想じゃが、まだ、そのような段階にも至っておらぬな。維新当初から、僕と聞多、前島、渋沢栄一、山口尚芳、五代友厚の面々が大隈邸に集まり、日本にブルジョワ社会を造らんと話し合った」

「また、梁山伯の一類のお話ですか」

「そう申すな。戊辰戦争の余熱も冷めぬうちに、あの頃、開明派であった木戸さんが旧幕臣の郷純造や渋沢栄一らを大蔵省の役人に登用するものじゃから、政府内部からも反発を買った。尊皇攘夷と叫んでおった志士が、明治新政府が誕生するや、西洋社会に倣い、文明社会をわが国にもたらさんとしたのだからな。憲法を制定し、議会を開設するは、維新以来の国是なるも、今は、欽定憲法の体裁を用い、漸進の主義をもってせよというのが、岩倉公のお考えじゃ」

「木戸先生の論にても、欧州においてさえ、国の開化の度合によって議会の権限に大小の差がある事ゆえ、日本も議会開設には慎重の論をとられました。木戸先生は在欧時からプロシアの国政に注目されておられましたから、議会には立法の議に参与するに止まり、英国のように政令の実権を握り、立法の権のみならず、行政の実権を握ら

郵便はがき

料金受取人払郵便

新宿局承認

1408

差出有効期間
2021年6月
30日まで
（切手不要）

160-8791

141

東京都新宿区新宿1－10－1

（株）文芸社

愛読者カード係 行

ふりがな お名前		明治 大正 昭和 平成 年生 歳
ふりがな ご住所	□□□-□□□□	性別 男・女
お電話 番号	（書籍ご注文の際に必要です）	ご職業
E-mail		
ご購読雑誌（複数可）		ご購読新聞 新聞

最近読んでおもしろかった本や今後、とりあげてほしいテーマをお教えください。

ご自分の研究成果や経験、お考え等を出版してみたいというお気持ちはありますか。

ある　　ない　　内容・テーマ（　　　　）

現在完成した作品をお持ちですか。

ある　　ない　　ジャンル・原稿量（　　　　）

書　名			
お買上 書　店	都道 府県　　　市区 郡	書店名	書店
		ご購入日	年　　月　　日

本書をどこでお知りになりましたか？

1.書店店頭　2.知人にすすめられて　3.インターネット（サイト名　　　　　）

4.DMハガキ　5.広告、記事を見て（新聞、雑誌名　　　　　）

上の質問に関連して、ご購入の決め手となったのは？

1.タイトル　2.著者　3.内容　4.カバーデザイン　5.帯

その他ご自由にお書きください。

（　　　　　　　　　　）

本書についてのご意見、ご感想をお聞かせください。

①内容について

②カバー、タイトル、帯について

弊社Webサイトからもご意見、ご感想をお寄せいただけます。

ご協力ありがとうございました。

※お寄せいただいたご意見、ご感想は新聞広告等で匿名にて使わせていただくことがあります。

※お客様の個人情報は、小社からの連絡のみに使用します。社外に提供することは一切ありません。

せる事には躊躇されておられました」

「そうじゃったな。英国にては、国王は自ら政権を行わずして専ら内閣宰相に責任せしめ、内閣宰相は議院多数によって進退を決するとする、いわゆる政党政治じゃな。内閣は多数政党の首領の組織する所となり、内閣は所管の仕事を連帯責任をもって行う。そして、議院政党多数の変更あるごとに内閣宰相の変更を致す。それに対して、プロシアの国王は国民を統ぶるのみならず、国政を理し、立法の権は議院と分かつ事なれども、行政の権は専ら国王の手中にあり、国王は議院政党の多少にかかわらず、その宰相執政を選任する」

「プロシアのものが、木戸先生がお望みになられたものでした。英国の国王の権威は議院多数に制せられ、風中の旗の如きもの。その点、プロシアの国王の権威は議院政党に左右される事はないと」

「そうじゃったな。明治八年二月の大阪会議の時もそうじゃった。他日国会を起こす基礎を作るために元老院を設置する事や大審院の創設、地方官会議の確立、さらには寡頭政治の弊を防ぐため内閣と各省を分離する事も一応、同意してくれたが、それでも建国の大法はデスポチックにこれ無くてはと譲らない。これが容れられねば、入閣せぬと、木戸さんは頑なであった。君主の国と共和の国は、その国の性質形勢より生じるもの。我が日本の性質形勢を熟考して、君主の国の体面を維持し人民の平安幸福を保たんと言われた」

「岩倉公は、いつから木戸先生の論に与するようになられたのですか」

「岩倉公のお考えは、あの時とあまり変わりはないのじゃが」

「それでは」

「事は立憲政治の話じゃ。失敗は許されない。急進して、事後の悔いをのこし、あるいは与えて後に奪うような事になるよりも、プロシアに倣い、歩々漸進し、後日の余地をのこす方が得策とのお考えなのじゃ。大臣執政の責任も、英国流の連帯責任の形をとらず、主管の事務につき各自の責任に帰する論なのじゃ。議会も国王から立法の権を分かつ元老院と民選議院を置き、民選議院の選挙法は財産制限を用いるが、元老院における華士族は先ずは財産の有無にかかわらず元老院議員になるものには特許を与えるとのお考えじゃ」

「伊藤先生は、プロイセン流の憲法には、良い顔をされておられなかったのでは」

「プロイセンには、弊風が多々ある。イギリスの上流階層には、ノブレス・オブリージュの考えが浸透しているが、プロイセンにおいては、上流階層の地位が特権化しておる。日本においては封建制度の復権につながりかねない。我が国の華族には、社会に対するノブレス・オブリージュの考えが浸透しているとは言い難いからな」

「英国のジェントルマンのように財産もなければ、文明社会を支える教養も義務感も足りないという事ですか」

「まあ、そういう事じゃな。岩倉公は、その方面での人材の育成に尽力されておれる。いずれにせよ岩倉公のお考えは、グラント前大統領が言っていたように、政府は君主政体と共和政体とを問わず、人民に依拠して立つ政府ほど強固なものはないとのお考えであるが、自由党などの急進論者が言うような英国流の国会を俄かに開設しても、失敗することは目に見えておるとのお考えなのじゃ」

「伊藤先生も」

「僕の考えは岩倉公より柔軟じゃ。大隈さんと来る民選議院の開設にそなえ、明治政府発足以来の課題であった内閣と省庁長官の分離に取り組んで来た。民選議院の事は、大久保さんの構想に従ってなして来たが、民選議院開設の折には、議員が国家予算の審議にあたる事になる。その際、政府役人による予算執行に無駄や情実がないかを厳正に審査する機関を設けて、国会開設の日に備えようと大隈さんと話し合っていたのだ。それで、明治十三年五月に、大蔵省検査局を廃止して会計検査院を設置したのじゃ」

四　情実

「聞多、世間では黒田と五代が、払下げを目論んでいると騒いでおるな」

「そうじゃな。新聞・演説会で随分な騒ぎじゃ。一向に止む気配はないな」

「日増しに激しくなっておる」

「どういう事なのか。五代に払下げの話を持ちかけたのは、大隈というのにな」

「そうじゃな。その後ろに聞多がおったというのにな」

「俊輔、人を黒幕のように言わないでくれ。確かに、今年正月、熱海で会議を開いた時、その取りなしをしたが」

「そうかな。ちと、知恵をつけた程度か」

「五代は、僕の事を嫌っておるのを知らぬのか」

「そうじゃな。この前、松方さんが来て、五代さんは聞多の事を清盛と呼んでおると言っていた」

「それは昔からじゃ。大久保さんが亡くなられた時など、五代は伊藤博文が内務卿にでも就任すれば、井上馨の清盛がどんな知略を巡らすか分からぬと薩摩人に触れ回っていたというからな」

「薩摩も複雑じゃな」

「本当にそうじゃな。五代は、黒田や従道の西郷派とは肌が合わぬようじゃ。新聞世論は薩摩閥と言うが、世間の噂ほど、仲はよくない。五代は大隈と昵懇なのにな」

「本当にな。五代さんは大久保さん亡き後、長州人は三条公と結ぶから、それに対抗して薩摩人は岩倉公との関係を親密にし、その際、大隈を重用せよと薩摩人に進言しておったそうじゃからな」

「ところで、俊輔、あ奴はどうした。北海道から木戸さんの遠縁の者を呼び寄せたのじゃろう」

「そうじゃ」

「確か、岩倉使節団から戻って、埼玉の白根多助の所におった者じゃろう」

「そうじゃ。木戸さんが地租改正の難事業があるからと言って、白根さんの所へ行かせたが、仕事が性に合わぬと、色々難癖をつけてきた」

「どんな難癖じゃ」

「何故に埼玉の県都を大宮に置かれぬのか、大宮には聖武天皇の御代に武蔵一の宮と定められたお宮があり、お上は関東に入られるや、すぐに行幸されておられると言うのじゃ。それで何故に浦和と申すから、県庁前にある調神社は崇神天皇の御代に、勅使の倭姫命が武蔵国高鼻郷の岸辺にある清らかな岡に調物を納める御倉を建てられ、関東一円の初穂米や調物の集納運搬所と定められた由緒ある神社なのじゃと言っても聞かぬ。奴には帳簿を付けるとか、税を徴収するとかといった煩わしい仕事は性に合わなかったのじゃろう。埼玉県令の白根さんといい、長崎県令の内海さんといい、吉敷村の人は皆、立派な仕事をしておったのにな」

「そうか」

「奴は、程なくして不穏な動きのある萩に戻って行った。風の便りに、萩に戻るも、許嫁の家は荒れ果て、仏壇跡には枯れ果てた野菊が置いてあったと嘆いておったというのじゃから、哀れなものじゃ」

「それで、今どこにおるのじゃ」

「宇都宮に行っておる」

「宇都宮」

「お上の巡幸に先立ち、一先ず、山田さんと宇都宮に行って、お上ご臨席の陸軍演習を見学させて、北海道に向かわせる事にした」

「開拓使の事は、何か言っておったか」

「黒田さんが、開拓使廃止に強硬に反対しておると」

「そうじゃろう」

「役人たちは、開拓使廃止後の身の振り方を考えて、なりふり構(かま)わず就職運動をしておると」

「それ位の事なら、考えずとも分かる事じゃろう。何もわざわざ北海道から呼び出さなくても……。五代と大隈の事は」

「その事は我等(われら)だけの秘密じゃ。奴(やつ)が知るよしもないし、話す事もあるまい」

「それでは、関西貿易商会の事も知らぬのか」

「それ位は、知っておるじゃろう。僕の秘書官からも、内々に話すように言っておいた。昨年の関西貿易商会設立に際し、岩倉公と大隈さんが尽力(じんりょく)した事くらいは誰でも知っておる。何も秘密でもなんでもない。じゃが、内情は秘密じゃ。正貨(せいか)流出の話くらいは、話すかもしれぬが」

「そうか」

「そうじゃ。関西貿易商会の設立は岩倉公の昨年八月の財政に関する建議によるもの。紙幣五百万円を資本とし、海外直貿易を興し、貿易振興によって正貨減少を食い止めようとされたもの。岩倉公の策は、奇策でもなんでもない。責任ある為政者なら、誰しも考える事じゃ」

「昨年八月閣議に提出された岩倉公の地租米納論は、奇策であったな。あれは五代の発案じゃ」

「そうじゃったな。不平等条約から輸入品に関税をかけられぬから、地租の五分の一を現米で徴収し農民の富裕化を抑制するとの論じゃったな」

「地租の金納と米価高騰により、農民に余剰金が出来、それに伴う奢侈品の輸入が増大し、正貨の流出が止まらなかったからな。じゃが、地租を米納にするのは、時代錯誤の策じゃ。問題は、貿易輸出入の不均衡にあるのじゃからな」

「その不均衡を是正するには、商工業を盛んにして輸出を増大するしか、手はないのじゃ」

「時代が変われば変わるものじゃ」

「そうじゃな。西南戦争を機に米価が一転、高騰するのじゃからな」

「僕が大蔵大輔で俊輔が租税頭をやっておる時とは大分違うな」

「あの時、米価は下落し、明治四年八月に米穀輸出を太政官に稟議したな」

「明治五年一月より、横浜の米国商会より試験輸出した。うまく行きそうじゃったから、明治六年二月に米の輸出を太政官に建議した。明治六年七月に米の輸出が解禁となり、政府は三井組と小野組に命じて米穀の買収と海外輸出をさせた。僕と益田孝と始めた先収会社もロンドンに米を輸出し儲けが出た。それが、明治七年二月の佐賀の乱で停止となった。佐賀県士族が小野組を襲撃したからな」

「木戸さんの所には、『佐賀士族、朝鮮論を唱え、三井組に入、乱暴せし』との電信が入ったそうじゃ」

「九州で米の買付けをやっておったからな、三井組は疎まれた。明治八年三月に再び輸出解禁となり、明治九年三月、三井は英国での輸出品販売業務の一切が委任され、三潴、白川、佐賀、福岡など九州各県で大規模な買付けをした」

「内務卿の大久保さんと大蔵卿の大隈さんは、国内物産を輸出し、輸出で得た外貨を英国で募集した三百四十万ポンドの公債の償却にあてるとの考えじゃったな。じゃが国内の農物産の輸出だけでは、高が知れておる」

「大隈は大風呂敷を広げて、例の論じゃったな。産業を発展させれば、外債などの負債も償還できると」

「国内の産業が発展すれば、国内に流通する膨大な不換紙幣も償却できると言っていたな」

「西南戦争を機に国内物価が高騰したから、農産物の輸出の利益は、見込まれぬ事となってしまったからな」

「あの時、大隈さんと五代さんとの間にも議論があったな」

「外債募集の論か。五代は大隈の策を盛んに批判していたな。また外債募集では、外国勢力の干渉を招くと」

「大隈さんの外債募集策案も岩倉公、五代さんの地租米納案も随分、議論したが、結論がつかんじゃったな。それで、お上の裁定で、両案見送りじゃったな」

「今考えると、大隈の大風呂敷が、ついにその破綻の時が来たという事じゃな。大蔵省にいた時から批判していたが、まさかその尻ぬぐいをさせられるとは、夢にも思わなかった」

「やはり不換紙幣償却の現実的な方法として、貿易振興による外貨獲得策と政府所有の官営工場の払下げによる資金の捻出という事しか策はないからな」

「それが、今回の払下げ問題の発端じゃからな」

「それでも、大隈さんが昨年の五月に建議したように、内務工部両省所管の十四ヶ所の工場の払下げの方針で開拓使の払下げが上手くゆけば、ここまで大騒ぎになる事もなかったのにな」

「官有模範工場を漸次人民に払下げる際、払下げの標準を規定せず、単に該官の行政処分に委ねれば、情願に任せての取結びとなり、時には公の処置と言い難い事態もあればと、内規を作ったのじゃろう」

「そうじゃ。新聞紙でも報じられた話だ」

「官吏の情実が入り公正さを欠くとして競売にしたのじゃろう。その際、低価格で落札される弊害を防ぐため、一定の基準を設けるは、政府としての義務、当然の事じゃからな。開拓使の官有物も、昨年の十一月に制定した太政官の工場払下げ概則に依拠して、払下げ処分を行ったが、結果は知っての通りじゃ」

「……」

「競売に付すも、三週間経っても開拓使所有の工場を購買しようとする者は現れなかったな。東京日日新聞も、政府が多大の資本を投入したにも拘わらず、利益が出ないと衆人がみなしていると報じていた。明治十三年度の払下げ物件の営業収支を俊輔は見たか。択捉猟虎猟所だけが黒字だ。その他は赤字じゃ。資産価値はあるかもしれぬが、事業の経営を考えると採算の合わない物件ばかりじゃ。やればやるほど赤字じゃ。そこで経営手腕のある五代に官有物払下げの買上げを持ちかけただけの話という事なのにな。今年正月の熱海での話し合いでも、五代は払下げの事には、難色を示していたからな。そんな事は、分かっておったから、策を弄しただけの事。僕の秘書を五代のもとに遣わし、幸い一月三十日には黒田清隆も熱海に出てくるから貴公もぶらりとやって来てはどうか、かねて貴公から頼まれている件については、大隈と伊藤に内々に頼んであると誘ったのじゃ」

「頼みとは、あの事か」

「そうじゃ。例の金の事じゃ。僕も先収会社を経営していたから、金は手元にあれば、あるほど助かるものじゃからな。それで、今度は大隈が、策を弄したのじゃ」

「前田を同席させた事か」

「そうじゃ。農商務省大書記官の前田正名と同伴し熱海に来るよう五代に話しておいた。前田も薩摩人。黒田は払下げに断固、反対じゃから、前田に説得させればよかろうという話になった。前田は幕末、長崎の致遠館で大隈から英語の手解きを受けた弟子じゃから、大隈の手の者。前田をつかって黒田を説得させようと思ったのじゃ。前田は、地方産業の発展に実績もあることだし」

「予想以上に、黒田さんは頑固であったからな。ロシア防衛の拠点として開拓使継続を主張するし、ましてや開拓長官を辞職する気などない。ロシア防衛の拠点として開拓使が必要であると譲らない。政府は財政難の折だから、北海道に注ぎ込むより国内産業及び教育に投資すべきと大隈さんが諭したが、聞かぬ」

「そのような政治まがいの事を言っても、黒田は落ちないじゃろう。黒田の弱点は、赤字じゃ。官営の工場は、生産する事は得意じゃが、売ることは苦手じゃ」

「前田も黒田さんに『私の経験によりますと、政府でもてあました仕事も民間でやれば、存外うまくゆくものです』と言っておったな」

「そうだな。役人の仕事というものは月給さえもらえばいいということで、おざなりになりがちになるからな。そこへ行くと民間事業者は利益をあげねばならぬから、真剣じゃ。前田は北海道の官有物を民間に払下げて、国富の増進をはかられた方が得策と黒田を説得してくれた」

「黒田さんは、変な事を言っておったな。明治二年から政府がつぎこんだ国費は一千二百万円。それでいま開拓使庁で経営しているサケ・マス缶詰製造所、ビール醸造所、ブドウ酒醸造所、ラッコ猟場、牧場、農場、桑園、養蚕所、倉庫、船舶などは、相当の利益をあげていると」

「黒田も大風呂敷じゃったな」

「五代さんも、政府は一体、いくらで北海道の官有物を払下げる気かと疑心暗鬼じゃったからな」

「一度、現地を視察した上でなくては、値ぶみは出来ないという返事じゃったな。商人としてはもっともな返事じゃ」

「五代さんも途方もない話に、面喰らったようじゃったな。外国直交易の話なら兎も角も、官営工場の話じゃったからな」

「五代ならば、鉱山、製藍、外国貿易などの経営において、行くところとして可ならざるはなし。それを見込んで、大隈が話を持ち掛けたのじゃ。五代なら北海道を黒田の目標としている地点まで導いてくれるものと思って。とは言っても、僕の北海道の話は皆、伝聞や書面の話じゃから、その実情はよく分からぬ。その点、俊輔は函館や札幌にも出向いておるから、開拓使の事情はよく分かっておるのじゃろう」

「明治九年の三条公北海道巡見の事か」

「どうじゃった、北海道は」

「あれで、黒田さんの話も随分、分かった」

「そうじゃろう」

「横浜から海路、釜石に寄ってから、函館に入ったが、函館では、船改所、砲台、函館病院、会所学校、函館市庁舎、裁判所を見て回った。函館は安政元年の日米和親条約により、翌年に開港された地なれば、その繁盛は札幌の及ぶものではなかった。札幌に開拓使が入った明治二年には、函館の人口は一万九千人、戸数は四千三百戸あったというからな。函館近郊の七重村の勧業課試験場も視察したが、ここは榎本武揚が箱館戦争の時、プロシア人ガルトネルに永年貸与した土地を明治新政府が買い戻した所じゃ」

「高杉の従弟の南貞助が、関わっておったやつじゃな。明治三年に箱館府判事をしておった」

「そうじゃ。明治八年には官園が設立され、試験場長には、薩摩の湯地定基さんが就任した。湯地さんは、慶応二年の薩摩藩第二次米国留学生で、明治三年、再びアメリカに渡り、マサチューセッツ州立農科大学でウィリアム・スミス・クラークから農政を学んだだけあって、やり手だ。試験場にはダン殿が、馬の去勢を指導しておった」

「そのダンとは、岩倉公お気に入りのエドウィン・ダンの事か」

「そうじゃ。あの年、ダン殿は七重村から札幌に移られ、真駒内に牧牛場を作られた。今は大きな農場となり、バターやチーズの製造のほかに、ハム・ソーセージの加工も手がけておられると聞いている。以上が、函館での視察じゃな」

「札幌の方は、どうじゃった」

「札幌へは、函館から海路、小樽に入り、小樽から駕籠に乗って陸路、札幌に向かった。三条公は札幌本庁着御に際して、駿馬にお乗りになられ、薩摩の調所広丈少判官先導のもと、本庁舎正門より入られ、分局へ向かわれた。あれは、明治九年八月二十一日の事じゃったか。札幌着の翌々日に、先ず初めに北海道水運の大動脈となる石狩川の視察を行った。馬にて篠路という所まで行き、石狩川を引明丸という汽船で下り、石狩町駅逓の山田久五郎方に立ち寄った」

「石狩は、長府藩報国隊の熊野九郎が取り仕切っておった所じゃろう」

「そうじゃ。帰路、三条公と寺島さんと尾崎法制官は丘珠村の清国人開墾地を視察され札幌に戻られ、翌日から札幌の視察をされた。札幌農学校長を兼任していた調所少判官の案内で札幌農学校、第一小学校、札幌病院、偕楽園、製作場、水車木挽器械所、水車製糸場、麦酒葡萄酒製造局、蒸気製糸場、豊平橋など見て回られた。創成川東岸の工場群は、黒田長官自慢のものじゃった」

「黒田は、島津斉彬公から薫陶を受けたからな」

「あの蘭癖は、見事というより外なかった。嘉永安政年間にして、あの集成館の出来栄えじゃからな。製煉所をつくり、硫酸・硝酸・塩酸の製造、金銀めっき、ガラス器製造、紅色ガラス製煉、陶磁器用うわ薬、硫酸煙を用いて絹・綿布をさらす方法、甘藷酒からのアルコール製造、洋式朱粉製造、洋酒類・パン製造、氷・白糖製造、洋式搾油器、綿火薬、鋳銭法等、広範な理化学の研究を行わせておったのじゃからな」

「しかも、精煉所で試作された物品を量産するための工場群を造っておられたのじゃからな」

「そうじゃな。欧米を視察して、理化学知識を用いて新奇物品の生産する様を目の当たりにして、幾度となく驚かされたが、こうして政府の要人となってみれば、我が国の蘭癖ある大名が先を競い、今日の我が国の科学の基礎を築いてくれていたんじゃな」

「そうじゃな」

「僕らは化学の勉学を断念して、国事に奔走したからな」

「そうじゃったな。ロンドンで長州藩の異国商船砲撃と薩英戦争の事を知って、ロンドン大学での化学の勉学を断念して帰国したからな」

「ウィリアムソン教授には、窘められたからな。勉学を放棄して帰国しても、殺されるのがおちだとな」

「遠藤謹助(きんすけ)さん、山尾庸三(ようぞう)さん、井上勝(まさる)は学業を終え、帰国したからな。世の中を動かすのは、科学の進歩じゃ」

「今も山尾さんは、あの時の気概(きがい)じゃ」

「そうじゃな。今は日本に工業がなくとも、人を育てれば、その人が工業を興すと」

「工部大学校設立時からの気概じゃからな」

「ペリーも、日本人が文明世界の技能と科学知識を手に入れたならば、日本は将来きっと機械工業の成功を収め、西洋の強力な競争国となると言っておったそうじゃからな」

「教育は大事じゃ。横井小楠(よこいしょうなん)は、慶応二年に甥(おい)の佐平太・太平(だいへい)兄弟を米国のラトガース大学に留学させたんじゃ。『堯舜孔子(ぎょうしゅんこうし)の道を明らかにし、西洋機械の術を尽くす』が、横井小楠の論じゃったな」

「岩倉公も、具定(ともさだ)・具経(ともつね)兄弟を明治三年、ラトガース大学に留学させたからな」

「岩倉使節団の米欧視察も、国家百年の大計をたてんとの気概(きがい)じゃった。マンチェスターにあった五階建ての石造りの倉庫には、国の内外から仕入れた絹布(けんぷ)・ビロード・木綿(もめん)・衣服・帽子(ぼうし)・レースが山積みじゃった」

「五代などは、大阪を日本のマンチェスターにせんと、大阪に商工会議所を設立したのじゃからな」

「安い原料を世界から集め、国内で機械を用いて大量に作り、安く売るというのは、考えもしなかった事じゃな」

「そうじゃな」

「あの頃の岩倉公は、意気軒昂であられたからな。マンチェスター市庁舎でのスピーチは、見事じゃった」

「どんなスピーチをされた」

「わが国は革命によって様々な変革が進行中であるが、貴国の富と偉大さの源をさぐり、その知識を将来のために蓄えたいと。産業においては、日本も世界に冠たるイギリスと同じようになれるかもしれないとも言われた」

「それは、誇り高きスピーチであったな」

「わが国民の生活状態を改善するためなら、いかなる手段をも辞さない。国家の発展に役立つ貴国の機械や器具類を輸入したいと思っているとも申された」

「福沢が言うところの人を安楽にこの世を渡らしめるためにじゃな」

「アメリカの前農務長官ケプロンを北海道に招聘したのも、ケプロンが、科学を研究し勧農の事業に通暁していたからであったな。明治九年に三条公が北海道を巡見された時には、早山清太郎という者が札幌の開拓使の分局に召され、三条公よりご褒詞を受けた」

「誰じゃ、その早山という者は」

「福島白河郡の者で、嘉永五年に蝦夷地にやって来た者じゃ」

「嘉永にか」

「松前で人夫をしていたが、ほどなくして小樽で伐木下請けとなり、手稲村星の沢で木材伐採の仕事を始めた者じゃ。安政四年に幕府旗本二十人とその従者が発寒の地に入植すると、早山は発寒の小山の近くで木を伐っては、川に流し運んでいた。旧幕府時代には、発寒辺りに都をおくという話があったというからな。この発寒で入植者として福玉仙吉という男が農事を学んでおったが、その男の女房のスエは紀州水軍水主組頭の娘だけあって山から昇る朝日を、大日如来様といって拝んでおったという」

「俊輔の話は、そういう話なのか。何故に一介の材木商が、三条公よりご褒詞を受ける」

「早山清太郎は、進取の気象に富んだ男で、材木の仕事の傍ら、安政四年、北寒の地で稲作を試みて、米を作った男じゃ。出来た米を箱館奉行所に献上し、褒美を受けたというのだ」

「安政年間に、北の地で稲作を」

「そうじゃ。黒田さん自慢の者じゃった。三条公よりご褒詞を賜わったのも、黒田さんの推挙によるものじゃった」

「なる程」

「黒田さんは、三条公が札幌ご巡見を終えられると、札幌の区戸長に勉励を行ったそうじゃ」

「何と勉励した、黒田は」

「商工商売の巧拙勤惰は、国家の盛衰に関する古よりの歴証があると」

「いかにも、我が国古代の部民制における職業部などはな」

「今、全道人民の生計に概見するに、特別の保護を加え、或いは例外の救助を施し、漸次各自の産を得せしむるを期していると」

「それで」

「この意を体認し、怠慢卑屈の風習を改め、その業を励み早く独立の民となり、上は国家の富強を輔け、下は子孫の安全を図るべしと。天皇陛下の臨幸も必遠に非るべしと」

「黒田は、お上の早期の札幌巡幸を望んでおったからな。それで」

「黒田さんは、市民一般その業を励み独立不羈の民となり、国家の富強を賛成するを期すべしと札幌の区戸長への勉励を締め括ったそうじゃ」

「黒田らしい話じゃな」

「そうじゃな」

「他に三条公は、何を見て来られた」

「明治三年入植の円山の鶴岡県士族開墾地、円山神社、一号官園など見て回られた」

「円山神社とは、鶴岡県士族の神社か」

「札幌神社の事じゃ」

「鶴岡県士族といえば、ワッパ騒動を起こした者たちじゃろう。僕がまだ大蔵省にいた時には、酒田県じゃったが、雑税廃止を訴え、猿田彦さながらの天狗騒動が起こった。ワッパ騒動を起こした者たちは、天神を信仰した者たちじゃった」

「鶴岡には天満宮があるな。酒田県の雑税は酷税であったからな」

「雑税合わせて収穫の四分の三が税じゃ」

「雑税は、元はと言えば、天朝に納めるのが筋のものが、いつしか公卿・封建領主の懐に入ったからな」

「そうじゃったな。明治新政府は明治五年八月に米穀金納の布告をしたが、酒田県は農民に布告せんじゃった。農民に米を納めさせ、県の御用商人が高騰した米を売却して政府に金を上納させたんじゃ。松平親懐、菅実秀ら酒田県官上層部は、旧荘内藩士族。西郷さんの口添えじゃ。西郷さんの後押しの開墾事業も、上手くいっておらなかった。開墾に従事していた士族が脱走し、明治六年三月に酒田県官の横暴を司法省に訴え出た。五月には、県官の『奸悪十ヶ条』を書き連ね、司法省に提出した」

「明治六年五月といえば、聞多が大蔵省を辞職した時の事じゃな」

「江藤も難渋したじゃろう、西郷さんとの関係を考えると」

「聞多は江藤に随分やり込められたからな。その江藤を司法卿にしたのは聞多じゃったな」

「尾去沢鉱山の事では、随分やり込められた。世間では『井上等は大蔵省在職中、尾去沢銅山をその借区人・村井茂兵衛より強奪し、自ら利する所あり』と言っておったからな」

「旧南部藩の尾去沢鉱山といえば、天下の三大銅山じゃからな。和銅元年に銅が発見され、金も産出され、東大寺の大仏や中尊寺建立に用いられたとの話じゃ。岡田平蔵を大蔵省に出入りさせたのは、聞多じゃろう」

「そうじゃ。岩倉使節団が出発した頃じゃったから、明治四年十一月頃か。造幣寮分析のご用を命じ、旧秋田藩の阿仁鉱山や尾去沢銅山を任せた」

「それで、大蔵省を退職した岡田平蔵に五万五千余円で尾去沢銅山の払下げの願い出をさせた」

「そうじゃ。あの時は、矢面に立たされ、弁明に明け暮れておった」

「聞多は、尾去沢銅山の払下げ命令を出すも、一般の者に予告せず、井上配下の役人上がりの岡田平蔵に入札させ、その払下金も二十箇年賦無利息で尾去沢銅山を払下げた事を、どう弁明したのじゃ」

「尾去沢銅山は、昔は名のある鉱山じゃったが、幕末には鉱脈も涸れ、廃鉱寸前じゃった。岡田平蔵の技術をすれば、再興もできると思っての事じゃ。競売にて他の者に払下げては、今までの尽力も水の泡じゃし、事情の知らぬ者が買い取っても上手くはいきますまいと思っての事じゃ」

「益田孝を連れて、尾去沢銅山に乗り込み、銅山の入口に大きな杭を立て、自らの筆で『従四位井上馨所有銅山』と認め、『サア、何時でも縛れるものならば、縛ってみろ』と勢い込んでみせたのは、どう弁明するのじゃ」

「尊王の大義を示しただけじゃ」

「聞多もすっかり山師呼ばわりされたからな。巷では、井上は隠れキリシタンとの噂じゃったからな。鹿角の小豆沢の大日堂に、継体天皇后・吉祥姫の御霊を慰めにでも行ったのか」

「俊輔は、僕がダンブリ長者と金の採掘をしておったとでも言うのか。米代川は白かったとか、茅の輪くぐりは楽しかったとでも言えば、満足なのか」

「何もその様な事は、言ってはおらぬ。ただ従四位を縛るには、太政官の許可がいるからな。それでは、村井茂兵衛の事は」

「南部藩は奥羽連盟の賊軍じゃ。所領を二十万石から七万石に減じ、冥加金として朝廷へ七十万両の献金を命じた事は知っておろう」

「勿論じゃ」

「南部藩には金がない。そこで、ご用商人鍵屋村井茂兵衛を呼び出し、金の周旋を命じた」

「村井は兵庫におる外人商人とも取引があったようじゃな」

「そうじゃ。大坂には銅の販売店があった。村井は藩から与えられていた銅山採掘権を使って、外債を募集し、その金を南部藩の冥加金にしようと奔走し、外債の仮契約まで取り交わす所まで行った。その仮契約書では、破約の際には、金二万五千両の違約金を払う事になっていた。じゃが、話は外債募集の事じゃ。殿様とは、相談ずみの話であったが、話が藩臣に知れると、夷人から金を借りるとは何事かと破談になった」

「村井は違約金の二万五千両を立て替えて、外人に支払ったと聞いたが」

「そうじゃ。廃藩置県と同時に、各藩の債権債務を政府で一切始末することになったが、大蔵省の判理局長・北代正臣が南部藩の整理を担当していた。書類の中から金二万五千両と書いたその下に『奉内借』と認めた一書が出てきた。内借し奉るの差出人は村井茂兵衛。判理局から村井へ『南部藩から借りた二万五千両は速やかに上納しろ』と命令したのじゃ」

「村井は、『奉内借』の事は借金の証文ではないと弁明したと聞いておるが」

「……」

「南部藩の慣習の書付と村井が主張しても、判理局は受け付けなかったというではないか」

「……」

「村井は、異人より七十万両の借入れ仮契約違約金・二万五千両を藩主に代わって支弁しておいた。その後、藩主の方から下げ渡しになったので、その受取証として出したのが『奉内借』であったのじゃろう。それのみならず、大蔵省は盛岡の本店と大阪の支店の財産の差押さえをした」

「……」

「さらに、大蔵省は村井に南部藩から得た銅山採掘権の代償金残金・五万五千四百両の支払いを命じた」

「俊輔は弾正台のような取調べをするのじゃな。俊輔は、西郷さんの言う様に、戦が足りぬからそうなったとでも言いたいのか」

「何もそのような事は、言ってはおらぬ」

「あれは、南部藩大属・川井某なるものが、廃藩置県の際、藩の財産を大蔵省に引き渡す時、村井茂兵衛が提出した受取証を使って貸付金と偽り、大蔵省に引き継がせたものなのじゃ」

「それでは、南部藩が借財を商人の村井に押し付けたというのじゃな」

「そうじゃ」

「それでは、『奉内借』と記した受取書の事は」

「南部藩の負債を調査した判理局員の川村選が、受領を意味する南部藩の慣例を知らなかったという事なのじゃ」

「それで、上司としての責任をとって、罰金三十円の刑に服したというのか」

「そうじゃ」

「聞多の勤王論も色あせたものじゃ。いっそうの事、法廷に立って、堂々と勤王論を説いてやればよかったのじゃ。今清盛と呼ばれるほどの権勢をふるって。元は神領、貴族と武家に簒奪されたものと」

「俊輔まで、そのような事を。俊輔、その後、ワッパ騒動はどうなったのじゃ」

「政府は明治七年十二月に三島通庸を酒田県令とし、事態の収拾を図ったが、翌年明治八年に森藤右衛門が農民とともに上京し、酒田県を司法省に訴えた。森は元老院にも建白したから、元老院は権大書記官の沼間守一を鶴岡に派遣し、松平・菅をはじめとする県官、戸長、村吏、商人を取り調べた。明治九年になって、司法省臨時出張裁判が鶴岡で開かれたが、あの頃、全国各地に不平士族の不穏な動きがあったから、判決は延期され、明治十一年六月に判決が下された」

「どの様な判決じゃった」

「種夫食利米をはじめ雑穀類過納金下戻しの四ヶ条は農民側の勝訴。明治五年、明治六年の年貢過納金と後田山開墾入費下戻しは被告鶴岡県の勝訴となった」

「鶴岡県士族入植の話が、天狗騒動の話になってしまったな。そういえば、俊輔、札幌神社といえば、明治二年に開拓使判官となった島義勇が、札幌に伊勢神宮を模した壮麗な社殿を建てようとしたが、大蔵省から断念させたものじゃったな」

「そうじゃ。明治三年五月に円山神社を札幌神社と改称し、太政官は国幣小社とした」

「伊勢神宮を模したものにするとの話は裁ち切れになったと思っていたが、俊輔らが岩倉使節団で洋行している間に、奴らは札幌神社を開拓使に管轄権のある国幣小社から、神祇省 教部省に管轄権のある官幣小社に昇格させおった。これら全ては、江藤、副島らの佐賀人の所業じゃった。俊輔と大久保さんが、米国との条約改正交渉の委任状をお上から取り付けるため、岩倉使節団から一時帰国し、お上にキリスト教改宗を説いた時も、改宗論に強硬に反対したのは、佐賀の副島じゃったな」

「そうじゃったな。あの時、お上に改宗論を説いたのは、国家百年の大計を考えてのこと。天皇神聖の思想を懐くものたちが、お上を取り巻いていては、かならずや国家に災禍をもたらすに相違ないと大久保さんと相談しての事じゃ」

「条約交渉を有利に運ぶための方便というものじゃなかったのか。何もクエーカー教徒の事など言って」

「そうではない。列強熾烈な争いを繰り広げる今日の世界にあって、我が皇室の事を思っての事じゃ。神道をもって国教にするがごときは、長州藩滅亡の淵に追いやった過ちを繰り返すものじゃ」

「横井小楠も長州藩の神州論にては、国が滅ぶと警告しておったからな」

「大久保さんの後をついで内務卿になってからも、札幌神社の官幣中社昇格の陳情が絶えなかったが、ほっといた」

「それはそうと、俊輔は北海道で何をしておったのじゃ」

「僕と山県と陸奥は札幌を離れ、幌内炭鉱に行っておった」

「幌内炭鉱にか」

「そうじゃ。石狩川の視察を終え、三条公らと別れ、僕ら一行は篠路に泊まり、翌日、豊平丸と空知丸に分かれて石狩川を上って行ったが、途中、豊平丸が故障し、一行は空知丸にての船旅となった。無事、幌向太に着き、翌日から馬に乗り、その後は道なき道を歩いて、幌内炭鉱を視察した。彼奴を道案内役にしようと考えていたが、彼奴も北海道の奥地で道なきところに道を作っておった。幌内炭鉱には、良質の石炭が大量にあった」

「炭鉱開発の事は、黒田の肝いりじゃったたな」

「あの視察があって、北海道の炭鉱開発に拍車がかかったからな。明治十年に開拓使から炭鉱開発に関する提議がなされ、明治十一年に、政府は黒田さんからの国費百五十万の支出要請を裁可した。幌内炭鉱だけでなく、岩内の茅沼炭鉱にも起業公債募集金の発行認可が下ったからな。茅沼炭鉱は、薩摩の伊知地季雅開拓使主典が手がけておったからな」

「その頃には、三井物産が茅沼炭鉱の石炭千トンの払下げを申し出ていたはずじゃ。石炭の上海輸出を計画しておったからな」

「三菱からもあった。黒田さんは、幌内は四年、茅沼は三年で、ものにすると言っておったからな」

「それでは、俊輔は札幌を視察しておらぬのか」

「しておる。八月二十六日夕方、幌向太から札幌に戻り、翌日、山県さんと山鼻村屯田兵開墾地を視察した」

「山鼻村とは」

「藻岩山の山裾の樹林地を開墾している村じゃ」

「薩摩の入村地か」

「伊達藩に津軽藩に庄内藩に会津藩に秋田藩などの東北の諸藩の者じゃ。山鼻神社には、伊邪那岐神・伊邪那美神が祀られたとの事じゃった」

「なるほど、多賀殿じゃな。伊達藩らしい話じゃな。西南戦争では、北海道から屯田兵が派遣されたのじゃろう」

「そうじゃ。西南戦争で殉死した山鼻村の屯田兵は、山鼻神社に葬られたそうじゃ。琴似の屯田兵も派遣されたが、この琴似屯田兵開墾地には、山県さんが巡視し、練兵場通過の際には屯田兵から礼式を受けて来た。明治八年入植の琴似屯田兵村が、北海道最初の屯田兵村じゃ」

「屯田兵の事は、明治六年の黒田の建議によるものであったな。旧士族を帰農させ、治世には耕作に従事し、妻子を養育し、乱世には兵に編み、御用の用に供すると。薩摩藩の屯田兵の事は、台湾出兵の一因でもあったからな」

「そうじゃったな。屯田兵の事は、島津斉彬公のご遺志。斉彬公は薩摩藩固有の屯田の法を復元せんと、安政五年、諸郷士格式復旧の沙汰を下され、城下の士と一段格式を押し下げられ郷士となった先代重役の子孫の名誉を回復する一方、諸郷において土地を奪われた城下士にも土地を付与しようとされたが、その直後に亡くなられた。西郷さんも斉彬公のご遺志を継がれようとされたが、北海道は厳寒の地。黒田さんは、南国の薩摩人より、先ずは東北人に開墾させる方が、よいと考えたようじゃ」

「札幌の視察は、それだけか」

「翌日、製糸場と工作場を見学し、開校したての札幌農学校にも行って来た」

「農学校は、どうじゃった」

「教頭のクラークは、マサチューセッツ農科大学の学長。当然、札幌農学校の模範は、米国マサチューセッツ農科大学にあるも、札幌農学校の規範は、フリードリッヒ大王の意志を引き継いでいるように思えた」

「俊輔はドイツ学の影響下に札幌農学校があると言うのか」

「アメリカの大学生は、ドイツに留学し、博士号を取得するようじゃから、そう思っただけじゃ。以上が札幌視察じゃ。それで三条公一行は札幌巡見を終えられると、陸路、苫小牧を経て室蘭に入り、海路帰京されたが、室蘭までの道中、千歳ではアイヌの謡い舞いを、白老では熊祭の儀式を見て来られた」

「アイヌの儀式をな。そういえば、シーボルトの息子のハインリヒは北海道に赴き、アイヌ人の研究をしておるそうじゃな」

「親父譲りの学究肌じゃな。親父殿も、あちらに戻り、日本人の起源と題して、アイヌの民俗や慣習をあちらの学術誌に発表したというからな。まあ、この話はいずれ暇な時に話をするとして、とも角、この巡見で三条公には、北海道の内情をよくお分かりいただけたし、寺島さんも山県さんも、よく分かってくれた。明治九年の北海道巡見は、有意義なものじゃったが、残念な事もあった」

「残念?」

「三条公が函館で病となられ、当初の計画を変更せざるをえなくなった」

「病をか」

「当初の計画では、函館から海路、室蘭に入り、室蘭から陸路、札幌に入られる予定じゃった。札幌での視察を終え、石狩川を遡り、幌内炭山を視察し、さらには神居古潭の急灘を通り、上川平原に入られる予定じゃったんじゃ」

「神居古潭?」

「これは、ライマンなるお雇い外国人がこの地の美しさに驚嘆し、いつの日か、お上の来道の際には、ご巡幸されるようにとの建議があり、その視察を兼ねたものじゃった。道なき道の旅となるからと、天幕などを用意しておったのにな」

「それは、残念な事をしたな」

「いずれにしても、北海道の事業は、どれも始まったばかりのものじゃった」

「道路や河川改修に時間がかかったようじゃったからな」

「岩倉公も同行されておられればな。黒田さんは、大久保さんに岩倉公の同行も願い出たが、岩倉公は明治九年六月の東北巡幸に供奉しておられたからな」

「それは、無理じゃろう、三条岩倉両大臣の北巡はな」

「そうじゃな。お上の明治九年の東北巡幸（じゅんこう）には、急遽（きゅうきょ）、函館臨御（りんぎょ）も加わったが、黒田さん念願の札幌巡幸には至らず、その直後の八月に三条公北海道巡見（じゅんけん）の運びとなったのじゃからな」

「北海道開拓の事は、岩倉公の悲願じゃったからな」

「そうじゃな。岩倉公の話がなければ、今回の払下げも大騒ぎにならんかったやもしれぬな。聞多（もんた）は黒田さんに何か話したのか」

「どうしてだ。黒田さんは何か俊輔（しゅんすけ）に言って来たのか」

「払下げが大騒ぎになる前じゃった。黒田さんが岩倉公の悪口三昧（わるくちざんまい）を書いた書を寄越（よこ）して来た。聞多（もんた）は黒田さんに何か話したのか」

「俊輔（しゅんすけ）に頼まれた立法官と行法官の兼務（けんむ）を禁止にする例の内閣諸卿（ないかくしょきょう）分離の論を説きに行っただけじゃ」

「それだけか」

「廃使（はいし）の話もしたが」

「岩倉公の話もか」

「岩倉公もお認めになられておるとは、言って来た。黒田は俊輔（しゅんすけ）に何を言って来たのじゃ」

「岩倉公が大隈と手を組んで開拓使廃止を企てておると、えらくご立腹だった」

「それはそうじゃろう。岩倉公は黒田の後ろ盾じゃからな」

「相当、怒っておった。岩倉公は開拓使事業を継続する際の唯一の後ろ盾。その岩倉公が何故との思いであったのじゃろう」

「岩倉公の工業論は、卓見じゃったな」

「士族授産事業のじゃな」

「そうじゃ」

「欧州の過激自由の説が、在野政党士族の脳髄を刺衝しておるなか、これに道を求めるほかないと」

「不満の根は、生計の困窮じゃからな」

「士族には商いは出来ぬ。しからばと、農業に就かしめんとするも、それも難しい」

「ならば、士族には工業しかないと。士族の軽輩は、職務の余暇に傘張りなどの内職をしておったからな」

「岩倉公は昨年八月、士族就産の方法は工業を勧誘するを以て第一とし、各地方に起業資金を募集されたからな」

「そうじゃったな。各地方に起業資金九百三十七万五千円を募集し、五ヶ年間毎年八朱の利子で一ヶ年七十万円の歳出をする計画じゃったな」

「岩倉公は製造所の設立に加えて、開墾牧畜事業に士族を従事させようとされた。聞多、昨年の秋じゃったか、東京日日新聞の記事を読んだか。人民の願いで払下げられた開拓使管下の北海道の地を、衆華族をして買下げさせ、開拓させれば大利益があると、岩倉右大臣より二、三の華族部長へ告諭されたと書いてあったものじゃ」

「知っておる。鉄道の払下げ誓願をしたとも書いてあったな。電信は協議中だとも」

「資金の方は、どうじゃったのだ。華族農場には、出資は見込めなさそうじゃったが」

「お上より直に補助金として毎年百五十万円下賜される筈じゃったと」

「お上のか。予算の事は、国会の審議と会計法の拘束を受けるものにするのではなかったのか」

「大隈は問題なかろうと。国費と会計法を異にする宮内費に関して、帝王の特権として一般会計法の検束を受けないことにすればと」

「お上は、その論には反対じゃぞ」

「俊輔、そう深刻に考える事でもなかろう。岩倉公も追い詰められておられる。今年初め岩倉公に頼まれて、宮内省に画屏風を七百円で買い上げる様申し入れたが、断られた」

「その様な窮状にあるのか」

「岩倉公のお家だけではない。維新をなすために、幕末から岩倉公に力を貸した華族は皆、そうじゃ。それにあの西南戦争じゃ。物価は高騰し、金禄公債の金利による貨幣収入の購買力は低下した」

「岩倉公は華族銀行札を何とか流通させようとされたが、西南戦争の時、西郷従道から迷惑千万との話があったぐらいじゃからな」

「大隈に何とかならぬものかと、頼んでおられた」

「それで、事業資金の目処は付いたのか」

「宮内省からの借入金の話は頓挫したが、何とか御用金利子の事だけは、話がついた。お上の特旨として宮内省から下賜される事となっておる。この事は、岩倉公より大隈に申し入れてある。佐野にも話してある」

「困ったものじゃな。何とかならぬのか」

「ならぬな」

「このままだと、事情のため、正論が立たぬ事になる。いや、もうそうなっておる。議論しても私論の方に負けてしまう。日に二つ三つの私が行われておる。明治十四年の予算でも大隈さんの注文で、十四、五万円の掛直しをしてしまった。僕(ぼく)にも罪があるのじゃが……。局外に洩(も)れ聞こえては具合が悪くなるから目をつぶっていたが、自然と大隈さんの意を助けたる事になってしまった」

「……」

「聞多(もんた)は、岩倉公から何か聞いておらぬか。京都に滞在されたままじゃ。三条公の話では、払下げ問題で内閣の紛糾(ふんきゅう)が外に漏洩(ろうえい)し物議を醸(かも)し出すことのないよう、払下げが決定されるまで岩倉公は出勤されないと」

「京に行って、お話を伺(うかが)ったが、国会開設の事は伊藤参議と相談すると言われたが、払下げの方は、我関(われかん)せずであられた。黒田とは、何か話があられたようであったが」

「黒田さんは、まだ開拓使廃止に難色(なんしょく)を示しておるのか。政府内には、該使廃止さえ行われれば、払下げの事は何れにてもよろしいとの御沙汰(おさた)が下されるとの噂(うわさ)が流されておるが」

「大隈の意向か」

「岩倉公のご意向じゃろうと思うが、こちらも双方(そうほう)の思惑(おもわく)が入り乱れておるな」

「いずれにしても、黒田は納得しておらぬが、そちらの方は上手くいくと思う。五代は大隈と何か話し合ったのじゃろう。この前、神戸に行って五代と話した時も、向こうから開拓使の話を持ち出して来たからな。五代も例の金の事で、痺れを切らしているようじゃった」

「朝陽館の金か」

「そうじゃ。精藍事業のために政府から借り受けた五十万円の資金の返済がせまっている。無利子での拝借金返済の繰り延べをしたいようじゃった。大隈と色々話しているようだが、まだ返事をもらっていないようじゃ」

「心配なのは、左大臣の有栖川宮じゃな」

「ご巡幸先から三条公への電報にて、払下げの許可は暫時中止すべき旨を達せられたからな」

「あれは黒田管轄の払下げ計画を暫時中止にせよという話じゃったのにな」

「演説会では、大隈参議一人異論を唱え、独り大隈が正義を執ったと大騒ぎじゃな」

「元老院の浅野長勲殿などは、有栖川宮に払下げ中止の決断をとるよう要望していたというからな」

「そうじゃったな」

「三条公も混乱されておられる。今は、開拓使所有物を関西貿易商会社員等に払下げ、世の不測の変を招くよりは、四、五年従前のままに据え置き、世論を鎮静させる方が得策との開拓使存続論をお考えのようじゃな」

「そうか」

「七月二十一日の開拓使の払下げを決定する閣議においては、誰一人として黒田さんの案に反対はしなかったからな。それで、黒田さんは満足して上奏した」

「そうじゃったな」

「聞多、これを見たか」

「何じゃ。明治十四年九月六日の東京日日新聞か」

「黒田さんが語った払下げの経緯が、書いてある」

「どれどれ。『悲しい哉、予の議論貫徹せずして廃使置県の事に決定せり、此に依て官員の免職となる者多く、此等の輩は皆予と死生を共にせんと誓いし者なれば其飢餓に迫るを観るに忍びず然りとて此大勢を予の一手にて救ふ能わず、又開拓の実功を立てず此儘に止むも残念なり、旁々以て書記官某々等が願意に任せて一手払下の許可をなし、猶予よりも太政官へ右の趣を伺いて允許の指令を得たり』」

「黒田さんは、払下げの首謀者にされているからな」

「黒田の反論か。開拓使の事は、廃使置県後の官吏の処遇を考えての事、太政官の承諾も得ておると」

「黒田さんが、七月下旬に払下げ処分の儀を太政官に提出した時には、開拓使書記官から開拓使事業に経験ある者四名を辞職させ、結社の上に払下げる手筈じゃったな。開拓使当初設置の目的を貫き、殖産興業の道を開くと。あの時、開拓使官吏の安田、折田、金井、鈴木による払下げ請願書を添え、お上のお許しを願い出た」

「請願には、明治十五年から二十四年までの十年間の収税品の委託販売の手数料として売捌代金の百分の六の給付と北海道における全ての準備米並びに食塩の購入に関する手数料の給付の事もあったな」

「その程度の事なら離職官吏でも出来るという事か」

「この程度のことなら、大騒ぎにもならなかったじゃろう」

「官舎船艦諸工場地所の事は、どうなる」

「万一の時には、船舶、官舎、地所、倉庫等は売却すればよいのじゃが、工場等はどうするのじゃ。民間で買い上げようとする者はおらぬじゃろう」

「そうじゃなあ、工場はな」

「工場以外は即売できそうじゃな」

「東京箱崎(はこざき)物産取扱所の官舎(かんしゃ)倉庫地所などは」

「大阪と敦賀(つるが)にもあったな」

「函館にも小樽にもあった」

「船舶なら尚更(なおさら)。玄武(げんぶ)丸、函館丸、矯龍(ケプロン)丸、乗風丸、清風丸、西別丸」

「五代さんや岩崎が目をつけるのも、無理からぬ話じゃ」

「札幌の方は、どうじゃ」

「札幌牧羊(ぼくよう)場と真駒内(まこまない)牧牛(ぼくぎゅう)場があるな。葎草(ホップ)園に桑園(そうえん)、蚕室(さんしつ)もあった。牧場経営は難しいようじゃな。病気で死んでしまうという話を聞いた」

「相手は生き物じゃからな」

「牧場経営とは、そういう事なんじゃな」

「麦酒(ビール)醸造所(じょうぞうしょ)、葡萄(ぶどう)酒醸造所、葡萄園の事業もあったな」

「他にも新冠(にいかっぷ)の牧馬場があった。根室にも、別海(べっかい)缶詰所、厚岸(あっけし)缶詰所があったな」

「それに択捉(えとろふ)猟虎(らっこ)猟所と牧馬場」

「払下げ価格は、破格(はかく)じゃな」

「そうじゃ。破格じゃ。全部で三十八万七千八十二円で、しかも無利息三十ヶ年賦(ねんぷ)で払下げられるのじゃからな。三万円とされた東京箱崎(はこざき)町の物産取扱所は、建築費だけでも八万円を費やしたものじゃ。これに地価を加算すれば、十二、三万円の値は下らない」

「七千円と見積もられた函館の開拓使所有の貸庫も少なくとも七、八万円は下らない」

「これでは、民間の者は、黙っておらぬな」

「東京の川崎八右衛門と申す者など、資金五十万円で興北会社を設立し、開拓事業を継承せんとする者も現れておる。世論の批判を浴びるのももっともな話じゃ」

「そうじゃな。後は、お上のご裁下次第という事か」

「巡幸先で、有栖川宮と大隈さんが、お上に何をお話しされているか心配じゃ」

「お上、『安田折田金井鈴木この四名の者、果して能くこの事業を負担し得べきや否や、論議合わず、互に不和を生じ、遂に失敗に至るの憂なきや否や』。

宮、『官吏への払下げには、ご慎重にあらせられては』。

大隈、『やはり五代さんなど、経験のある者でなければ、とても無理かと。資金面においても心配があります』。まあ、こんな所じゃろう」

「開拓使官吏が職を退いてから設立する北海社は、本拠地を東京箱崎町産物取扱所に置くという話じゃったな。資本金は幾らじゃった」

「二十万円じゃ」

「集まる目処は付いていたのか」

「当初の計画では、官府からの貸与資金十四万円を見込んでおった」

「金利は」

「年利三朱の十五ヶ年賦上納となっていた。それでも、資本金に目処がつかぬから、民間からの募集ということになったが」

「北海社と関西貿易商会は、提携合併するのか」

「その予定じゃ。着手の順序も定めておいた」

「どの様に」

「業務内容によって甲乙の二種類に分けておいた」

「甲の事業は」

「廃官の者数年の労を賞せんがための継続会社を設立し、開拓使において最も利益ある事業を継承し、特別法によって払下げを行うものとした」

「うまい話じゃな」

「蒸気船三艘、帆前船三艘の払下げも見込んで追ったからな」

「それだけか」

「開拓使諸税品の取扱いもあった。これは明治十五年より向こう十ヶ年即ち明治二十二年まで、売捌きの権を委ねるもの」

「巡幸前、お上の裁可があったものじゃな。その外には」

「以前調査した事業で将来見込みのあるもの二、三点」

「未定という事か」

「そうじゃな」

「乙の事業は」

「外貨獲得を目的とするものじゃ。四事業ある。『義貿易』と称している」

「中味は」

「一つは、岩内石炭鉱じゃ」

「茅沼炭鉱の事じゃな」

「これは相当の年賦を以て払下げ、専ら海外輸出をするもの」

「他には」

「幌内石炭鉱もじゃ」

「幌内か」

「これは十五ヶ年の間に売捌きを命ずる予定じゃった。その他に鱒の缶詰所があった。これは、アジア、欧米に輸出するものじゃ。残る一つは、山林事業じゃ。これはアメリカ、支那に輸出する」

「甲の事業は北海社、乙の事業は関西貿易商会という事か」

「そうじゃ。開拓使官吏の計画では、工場等払下げ允裁の上、速やかに辞表を呈し、北海社を設立する手筈じゃった」

「関西貿易商会の方は、どうなっておった」

「どうなっておったとは、どういう事じゃ」

「関西貿易商会は、今年六月、関西の直輸出商社として政府奨励のもと設立されたのじゃろう。それが何故に北海社と提携合併を」

「中野梧一の話では、新参者の関西貿易商会では、関西の業者からの信用はなく、支那輸出の見込みがつかなかったと」

「関西貿易商会は、五代友厚、広瀬宰平、杉村正太郎、中野梧一、阿部彦太郎、藤田伝三郎、田中市兵衛といった錚々たるメンバーで設立されたのじゃろう」

「俊輔は民間にいた事がないから分からぬじゃろうが、商売とは、そう簡単に利益が出るものじゃないのじゃ」

「それで北海道に手を出したというのか」

「そうじゃ。すでに設立発起人会で、北海道に四、五名の委員を派遣し、着手すべき要件を点査する事になっていたのじゃ。期待していた政府の出資もなくなり、事業は北海道を中心とするものになったのじゃ。北の海産を採取し、炭鉱を掘削し石炭を輸出することになったのじゃ。まさに義貿易。大隈が五代に頼み込んだものじゃ」

「……」

「大隈も随分、男をあげたものだよな。世間では、大隈一人、払下げに反対したというのだから。黒田が怒るのも無理からぬ話じゃ」

「それにしても、このご時勢、大隈さんは関西貿易商会への払下げの事情を北海道ご巡幸中に、ご了承してもらえると聞多は思えるのか」

「勝算はある」

「何故に」

「お上は五代の事業の深い理解者じゃ。明治九年の東北巡幸において五代の経営する福島県伊達郡の半田銀山を視察されておられる。また明治十年二月、お上は西南戦争勃発の最中、京都・大阪・神戸間の鉄道開通式にご出席され、有栖川宮を始め木戸さん、俊輔、西郷従道を従え大阪の朝陽館に五代の製藍事業を視察しておられる。

俊輔は朝陽館の借入金の事を心配しているようじゃが、あれは大久保さんの後押しで、政府から五十万円貸し出したものじゃ。世間から批判を受ける筋合いのものではない。現に半田銀山ほか四鉱山を担保としておるし、お上からの裁可も受けておる。問題あるまい。お上は、五代が日本の国富増進に一番、尽力している事をご承知であらせられる。開拓使官有物の払下げ先には、五代が打って付けである事も。それに明治八年の大阪会議の事もある。あの時の世話役は五代。五代は靭町の私邸に大久保さん、木戸さんを別個に招き、根回しして呉れた。それに……」

「それに……」

「大久保さんの強い入閣要請を拒絶された木戸さんに、お上は東久世通禧侍従長を大阪に遣わし、木戸さんを国事に復帰させたのじゃろう」

「そうじゃ」

「お上は、その時の五代の尽力に感謝しておられるはずじゃ。何しろ五代は、木戸さんと慶応二年に薩長国産貿易商社を計画した仲じゃからな」

「そうじゃが……」

「俊輔は、いやに弱気じゃな」

「世の中は、全く皮肉なものよな」

「何がじゃ」

「五代さんが、新聞事業に関与しておる事じゃ」

「そうじゃな。英仏で新聞の力を知り、新聞による世論形成に尽力していたからな」

「新聞は文明社会に必要欠くべからざるものであることを、五代さんが一番認識されておられたからな」

「大久保さんには、新聞で征韓論反対の理由を宣伝するよう進言しておったそうじゃな」

「それを今回の開拓使官有物払下げ問題では、新聞各紙から批判を浴びるのじゃからな」

「関西貿易商会内部からも批判があるようじゃ。広瀬宰平は早急に新聞事業から手を引くようにと」

「五代さん所有の大坂新報の事か」

「そうじゃ。中野梧一の話では、ひとり新報のみ今回の事を弁解をなしても、徒労に終わり、かえって激動を助くる恐れがあるから、五代はわざと各新聞に抗敵せず、不問に付し置いたと言っていた」

「五代さんも、大坂新報を持て余しておるのじゃろう。売却の話があるとか」

「内々に話を進めておる。開進社の岩橋轍輔の紹介で、三菱社が大坂新報を譲り受ける話を進めている」

「三菱社にか」

「内々の話じゃ。とりあえず、十三銀行に話を持ち込み、郵便報知新聞の箕浦勝人に売り渡すことになるかもしれぬ。五代と三菱の岩崎は、昨年、開拓使の船舶の払下げをめぐって熾烈な争いをしたが、持ちつ持たれつの関係にあるのが財界じゃ。この話には、福沢も絡んでおる」

「福沢が、三菱社への大坂新報の譲り渡しを仲介しておるのか」

「俊輔は覚えておるかな。福沢に政府系新聞紙を作ってくれぬかと話を進めておった時、運悪く、大久保さんの暗殺の事と重なり、福沢の返答を伝えに来た男がおったじゃろう」

「おった。あの時、福沢に新聞雑誌にて論調を控えてくれるよう内々に伝えておったが、福沢は政治犯いかんを問わず、死刑廃止を唱えていたからな。死罪は新政府内部でも議論があったが、司法省にも死刑廃止論があった」

「ボワソナアドの文明論じゃな」

「そうじゃったな。五代さんは、早くから死刑廃止論じゃったな」

「そうじゃった。死罪を減じ、北海道へ移し、開拓に従事させよと、頻りに申し立てておった」

「僕も西南戦争時、西郷さんの死罪に反対したが、さすがに大久保さん殺害者の時にはな。それで、その男がどうしたというのじゃ」

「加藤政之助といって、福沢の所の塾生なんじゃ」

「福沢の返答を伝えに来ただけじゃろう。聞多は、その塾生が、どうだというのじゃ」

「福沢が五代の経営する大坂新報に塾生の加藤政之助を入社させたという話じゃ」

「福沢が五代さんの所へ」

「そうじゃ。藤田茂吉の口利きで、福沢の紹介状を持って行ったそうじゃ。福沢も心配していたとか」

「心配？」

「加藤政之助は文筆は相応に出来るが、何分にも世事に疎い。その辺の所を五代に指導を頼むと」

「福沢の心配した通りになったという事じゃな」

「そうなんじゃ。藤田茂吉、鎌田栄吉、加藤政之助の三人は、五代のお膝元の大阪は道頓堀戎座で、交詢社員による臨時演説会を催し、開拓使官有物払下げ批判をしておるのじゃから」

「福沢も大変じゃな。福沢の所へは、大隈・福沢・岩崎陰謀論説は届いておるのかな」

「福沢の事じゃ。耳にはしておるが、気にかけておらぬじゃろう。俊輔は本気で噂を信じておるのか。福沢が薩長藩閥政府の転覆を試みておると」

「僕とて早く藩閥政府をなくしたいと思っておるのじゃ。ただ、福沢が今回の払下げを云々できる立場にないことは、聞多も知っておろう」

「勿論だ。昨年の高島炭鉱払下げは、福沢の後藤への指図じゃったからな。今更、黒田五代を云々言えるものではない」

「そうじゃな。福沢も岩崎も殊更、五代さんや黒田さんを攻撃しても得はないからな。岩崎などは、大隈さんと五代さんの動向を知って、必ず世間の批判を浴びて、失敗すると笑っておったというからな」

「そうじゃな。福沢も側近には、今回の払下げの事は、あまり正しき仕方ではないが、今の政府の仕組なれば、何も珍しからぬ事だともらしておるそうじゃ」

「明治政府は、十四年間この類の事ばかりじゃからな」

「福沢なれば、今回の騒動の主人公は、岩倉公であることは、察しはついておるじゃろう。岩橋轍輔の息子の謹次郎は、福沢の所の塾生。福沢の家に出入りし、福沢から北海道で捕れる猟虎の商売の指南を受けていたそうじゃ」

「福沢の事だ、流血の惨事に至りやしないかと心配しておる事じゃろう。聞多は今も、福沢の家に出入りしておるのか」

「今は、していない。大隈の立憲政体意見書騒動以降、控えておる」

「福沢とは、何の話をしておったのじゃ」

「福沢とは、色々な事を話した」

「どんな話をしたのじゃ」

「国会開設の話じゃ」

「国会開設のどんな話を」

「国会開設後の有様を想像して、福沢と雑談を交わした」

「どの様な」

「政党は斯く分かれ、その人物は誰れ彼れだとか」

「それで」

「もし他党が政権を得たら、外務卿は誰で、内務卿は誰で、その時は、前外務卿たる井上君は一時落路の人。君は一個の国会議員として議場に罷出で、外国国際の事に付き云々の見込みなどと述べ立てることになると。さてさて面白き事ならんとか言って、福沢は喜んでおった」

「黒田さんは、岩崎が福沢の後ろ盾となって、北海道東北で巡回演説会を催し、廃使置県問題や国会開設問題を論じておると言っていたが、本当なのか」

「そうやもしれぬな」

「そうやもしれぬとは、どういう事じゃ」

「福沢には、そのような金はない。出すとすれば、岩崎が出したのじゃろう。神田錦町の三菱商業学校の事もあるし」

「今年、明治義塾と改称したやつじゃな」

「そうじゃ。福沢の慶応義塾で塾長をしていた森下岩楠が岩崎を説いて三菱商業学校を設立させ、森下自ら校長にもなった。じゃが、陰謀などというものではない。三菱の岩崎にすれば、至極当然の事じゃ。岩崎は土佐藩の下士の出。土佐藩上士出身の政府官吏や軍人はいうに及ばず、下士出身の者からも、蔑みの目をもって見られておる」

「下士も下士。郷士株を売った地下浪人じゃからな」

「維新以来、政府においても、大蔵省を除いては岩崎の経済活動の自由を保障するなどと考えておる者はおらぬからな」

「岩崎の事を維新の鬼っ子みたいにしか見ておらぬからな。それで大隈さんと福沢と岩崎が、民権政府を考えていたというのか」

「森下岩楠は今年一月、三菱商業学校を辞めて、大蔵省の書記官となったのじゃからな。大隈は昨年二月に大蔵卿の職を同郷の佐野常民に譲ったとはいえ、大蔵省は依然として大隈の純然たる影響下にあるからな」

「じゃがな、その話は、それとして、黒田さんの大隈・福沢・岩崎陰謀説の吹聴には、別の目論見があるようなんじゃな。この前、薩摩の寺島宗則さんが来て、黒田さんの大隈陰謀論吹聴の真意を話してくれた」

「僕の所にも来たよ。黒田は、このまま大隈を放置しておくと、いかんとも成すべからざる事態に至ると。黒田は今回の払下げ問題を利用して、大隈を政府から追放する千載一遇のよい機会だと言っておったと」

「そういう話じゃったな。禍を転じて福となすと」

「黒田の憂慮は、来る大隈政権下において、征韓論者の後藤、板垣、副島が勢力を伸ばし、三菱社が海軍と結び付く事のようじゃ」

「それに、川村海軍卿に山県狂介が、結ぶことも。黒田さんは征韓論の事で大隈さんに不信感を持っていたからな」

「俊輔らが岩倉使節団で洋行している時、留守政府では西郷使節の事で論争となったが、黒田は戦争ともなれば、多額の軍事費が必要となり、すでに英国に負債がある現状では、国家が破産しかねない。戦争に勝っても国民は苛税に苦しむ事になり、英国に漁夫の利を与える事になるのは、火を見るより明らかと反駁したが、板垣、後藤、副島、大隈は、笑って杞憂と退けた」

「板垣らが征韓論の事で野に下り、明治七年一月左院に民選議院設立の建白を提出すると、黒田さんは征韓論者が国会開設とは笑止千万と憤慨しておったからな」

「西郷さんも、大隈を佐賀の征韓論仲間に引っ張り込もうとして、色々大隈を挑発したようじゃが、大隈は尻尾を出さなかった」

「勝海舟ご立腹の川村純義の建議の事もな」

「明治八年のあの建議で、雲揚・第二丁卯砲艦二隻が朝鮮沿岸海域の測量などの名目で派遣されたのだからな」

「今年三月の人事の事でも、大隈さんは榎本海軍卿に反対じゃったしな」

「妥協して山田海軍卿、榎本農商務卿の人事を閣議で決定したが、四月に入り、大隈が三条岩倉両公と会談すると、その翌々日の閣議で、川村海軍卿、河野農商務卿、福岡文部卿、榎本フランス公使となったからな」

「黒田さんは榎本の入閣を強く望んでいたからな」

「そうじゃな。大隈は榎本農商務卿にも反対じゃったからな。河野敏鎌を農商務卿に就任させるため、文部卿の河野に俄かに修身教育に異を唱えさせるのじゃからな」

「案の定、保守派から河野は糾弾され、河野は文部卿から農商務卿へと転出した」

「全くの奇策じゃった。大隈は文部卿の後釜に五箇条の御誓文を起草した福岡孝弟を就任させる事で、お上の裁可を受けたのだからな」

「お上も福岡孝弟ならば、異論とする所はなかったが、これも、榎本海軍卿排斥の動きとも関係しておったからな。僕も川村海軍卿の復任に強く反対したが、箱館戦争で降伏した幕臣の榎本の海軍卿には、強く抵抗する勢力があった。榎本は蝦夷地に一大共和国を樹立せんとしたからな」

「大隈の奇策で、榎本の農商務卿もご破算、海軍卿は川村の復任じゃったな」

「まあ、開拓使の払下げは、還幸後、お上の裁定を仰ぐとして、心配なのは、国会開設の方じゃな」

「そうじゃな。明日から十月じゃな」

「そうじゃな。聞多、ちょっと待っててくれないか。奥から書類を持って来るから」

俊輔が書斎から出て行くと、聞多は冷め切ったお茶を飲み干し、溜め息をついた。

ドイツ人医師のベルツからは、記憶力衰弱症と言われていたが、その実は、鬱症であった。払下げの事はもう勘弁、なにもかにも放り投げてしまいたい心境であった。

窓の外を眺めると、夕暮迫る空に、カラスが群れを成して飛んで行った。

程なくして、風呂敷包みを抱えた俊輔が戻って来た。

五　機密

「岩倉公から借りて、写しておいたものじゃ」

「大隈の意見書じゃな。『昨年来国議院開設を請願する者は少なくなく、その品行に種々の品評があるけれども、請願を至らしむるほどに人心は進歩しており、国議院開設の時機は熟した』とあるな。俊輔、異論は」

「ない」

「『人民参政の地所である国議院において過半数を占有する政党が立法部を左右する権を握り、聖主の恩寵を得て政府を立てる一方、自党の人物を要職に就け行政の実権を操ることで、庶政一源より発し事務初めて整頓する』ことも」

「勿論じゃ。イギリス留学以来、僕等の初志は、政党政治と政党内閣の実現じゃないか」

「そうじゃがな」

「それでは、二度イギリスに留学した英国通の聞多に聞く。英国においては、『君主が自らの寵遇の顕官を罷免しなかったため、立法部における政党の首領と行政顕官との間に軋轢が生じたが、一七八二年以降君主も輿望を察して顕官を撰用し、国議院中多数政党の首領たる重職を授与するに至った』」

「如何にも」

「以来、政府と議院の間に軋轢を見ることなく、議院における政党間の争いとなった。英国の政党政治においては、議院中の多数勢力が移転した場合、聖主の親裁で議院中多数を占めたと鑑識される政党の首領に組閣を委任する。内閣を新たに組織する時、執勢政党が行政部を去らない時は、得勢の反対党が議院において『内閣行政の顕官は議院に於て信用を失わさるや否』の決議をなし、動議を裁決する。不信任になった場合、議院より聖主に奉書し、速に親裁更撰あるべき旨を請願する。執勢政党がなお退職しない時、聖主は議院の求めに応じ罷免する。しかし、不信任の議決を受けても、広く国人の意想を察し、政党に多数の属望あるを洞察し、『現在の国議員は誤撰なり』と認むる時は、聖主の允許を蒙り、聖主の議院解散権で議院を解散し、多数ならば内閣を永続し、少数ならば退職する」

「如何にも、イギリス政治はかくありきじゃ」

「大隈さんの苦慮したのは、行政官の処遇じゃな。『政党の政権交代により行政官も更迭されるが、行政諸般の事務は最も習熟を要すものである。これ等の官吏を政党とともに更迭しては、不利益を被り不便である。ゆえに英国にては、官吏中に職権において指令を司って細務を親執する者と、指令に服従して細務を親執する者とを区別し、前者を政党官として政党とともに進退し、後者を永久官つまりは非政党官として終身勤続の者とする』」

「政権交代時における政党官と永久官の問題じゃな」

「大隈さんは、太政大臣、左大臣、右大臣を永久官として党派の外に立てることを建白しておる」

「行政官に太政大臣、左大臣、右大臣の名称を用いるのは、いかがなものか」

「聞多もそう思うか」

「大隈の意見書を執筆したのは福沢で、矢野はその取次にすぎないとの噂が流されているが、これは福沢の論ではないいな。矢野は元老院にいた者じゃろう」

「そうじゃ。アルフュース・トッドの『パーラーメンタリー・ガバメント・イン・イングランド』を元老院議長であられた有栖川宮から矢野龍溪に手渡されたと聞いていたが、矢野も腐心したのじゃろう、三条公、岩倉公、有栖川宮の処遇を考えて」

「これで三公が納得されるとでも考えたのか」

「主権に関しても、『治国政権の帰する所』と『人民各自の人権を明にする者』と述べているが、天皇主権と人民主権の間の憲法上の問題を、まだ決めかねておるようじゃな。大隈さんとは色々議論したが、議院を開設するにしても、憲法を制定するにしても、大隈さんには、その運用において英独法の何れを基準とするのか、定見はなかったな」

「『政党政治が行われても、人権を堅固にする憲章がなければ、言うべからざる弊害があるとして、人権を詳明する憲章を憲法に添付するもの』としているな。何とも心許ない文言じゃな」

「聞多の立憲政体に関する意見書では、民法その他の諸法規を編纂し、法律の範囲内において生活の自由があることを人民の脳裏に浸潤させ定着した後に憲法を制定し、帝室・政府・人民の権利を明確にし、国会を開設すべきだとしてたな」

「大隈の意見書には、小野梓は関与していないようじゃな」

「この文面ではな。井上伊藤に機密が漏れるのを恐れたのじゃろう。聞多が法制局長官に就任した時の少書記官じゃからな」

「俊輔の会計検査院の論も小野の論じゃからな。立憲政治を布く一手段として先ず政治機関運転の原動力たる会計の検査を厳密にし、とかく乱用されがちな国家権力を制肘することが絶対不可欠であると」

「あの頃、大隈さんとは、国会開設の緩急の差は問題にならなかった。ただ、この論だけは譲れなかった。会計検査院員外官を府県会員の中から公選で決めることだけは。大隈さんの立憲政体に関する意見書が出されるまでは、大隈さんとも話がついておった。明治十三年三月、小野梓が会計検査院に移ったのも、大隈さんの斡旋じゃった」

「大隈は明治十四年に憲法を制定し、十五年初めもしくは十四年末に公布、十五年末に議員召集、十六年初めに国会を開立するつもりじゃ」

「憲法は出来ておるのか」

「交詢社の『私擬憲法案』の線で作るのじゃろう」

「福沢は関与しておるのか」

「分からぬ。岩倉公と俊輔が元老院の『日本国憲按』を葬ってから、お上は民約憲法をお望みじゃ」

「そうなんじゃ。それで黒田さんは勘ぐっておる」

「何をじゃ」

「大隈の意見書は、お上の差し金じゃないかと」

「俊輔は、何を心配しておるのじゃ」

「黒田さんが自棄を起こして、大隈さんの建白の真相を暴露しまいかと」

「心配に及ぶまい。黒田は酒乱じゃが、そのような一大事、軽率な事はしまい。ああ見えても、なかなか理性的な所もあるし」

「どうして、そう思う」

「薩長同盟締結の時、僕等が一番信頼を寄せたのは、黒田了介ではなかったのではないか。今日あるは、あの時の盟約あるがゆえ。俊輔は心配性で困る」

「そうかな。その話はさておき、聞多、これを見ておるか」

「何じゃ。交詢社の『私擬憲法案』じゃな。今年四月に公表されたものじゃ」

「そうじゃ」

「僕も一応、交詢社の社員じゃからな。第一章は皇権じゃな」

「そうじゃ」

「第一条　天皇は宰相並びに元老院国会院の立法両院に依りて国を統治す」

「国の統治は、宰相・元老院・国会が行うという事じゃな」

「第二条　天皇は神聖にして犯す可らざるものとす。政務の責は宰相之に当たる」

「政務の責任は、宰相が全うするという事じゃな」

「天皇神聖の事は、第一条にして居らぬな」

「ご親政派の介入を警戒したのじゃろう。ひいては尊皇攘夷派や征韓論者の口実を与える事になりかねないからな。立憲政治の精神は、第一条にあるということじゃな」

「第三条　日本政府の歳出入、租税国債及び諸般の法律は、元老院国会院に於いて之を議決し、天皇の批准を得て始めて法律の効あり」

「異議なしじゃな。内閣の事は、どうじゃったかな」

「内閣の事は、第二章じゃ」

「そうじゃったな。第十四条　政府の歳出入予算の議案は、必ず内閣之を起草すべし。

第十六条では、内閣は毎年前年度の歳出入計算及びその施行したる事務の要領を元老院国会院に報告とある」

「俊輔持論の元老院の事は、どうなっておったかな」

「元老院の事は、第三章にある。元老院は国会院と共に政府の歳出入、租税国債及び諸般の法律を議決する所とある。元老議員は特選議員と公選議員からなるとしている」

「皇族、華族及び重要の官に在った者、学識ある者の中より天皇が之を親選するとしている」

「特選元老議員の構成は」

「総数の三分の二を超えないものとある」

「特選元老議員の数は」

「国会の事は」

「第四章にある。国会院は元老院と共に政府の歳出入、租税、国債及び諸般の法律を議決する所とある。第五十条には『総テ租税ニ関スル議案ハ本院若クハ内閣ノ他之ヲ起草スルヲ得ス』とあるな」

「議会政治の基本とするところじゃな。国会議員は」

「全国人民中、選挙権を有する者の公選する所としている」

「任期は」

「四年間じゃ」

「民権の事は」

「それは、六章にある。第六十九条に宗教の自由の事がある」

「何としておったかな」

「日本国民は国安を妨害するに非ざれば、各自所信の教法を奉ずるの自由を有すと」

「言論の自由は」

「日本国民は国安を妨害し若しくは人を誣謗するに非ざれば、その意見を演説し及び出版公布するの自由を有すとある。第七十一条には、兵器を携えずして静穏に集会し、又その疾苦を政府に訴うるの権を有すとしている」

「兵器を携えずして静穏にじゃな」

「アメリカでは、専制的な政府に対抗する権利として、個人の武器所有を認めておるが、さすがの福沢でも、そこまでは考えてはおらぬか」

「福沢なれば、やはり言論をもって武器の所持の自由に替えたのじゃろう」

「聞多、交詢社には、爆弾を秘蔵し武装しておるとの噂が流されておるな」

「その噂は、西南戦争時の土佐の立志社の話を交詢社の話にすり替えたものじゃろう」

「土佐の立志社は、爆弾銃器を所持していたからな」

「あの時、林有造は鹿児島士族蜂起の報に接し、三菱社の金と船を使えば、事はなると言ったそうじゃ。岩崎を説得するために、小野義真を岩崎のもとに遣わしたそうじゃが、岩崎は動かなかった」

「海援隊の時からじゃ。龍馬は国事の事を考えておったが、岩崎は自分の商売第一じゃから、二人は反目しておった。台湾出兵の時、大久保さんが岩崎に物資の輸送を任せたのも、岩崎の商売第一を信用したからだ。決して国事と結びつくことはなかろうと」

「西郷さんは、どこまで事を構える気でおったのかな。林は同志兵をもって大阪鎮台を押さえようとしたし、西郷さんは京へ兵を進める気配があったそうじゃからな。俊輔の論では、西郷さんは早く士族の世を終わらせるため、加担したというのじゃろう。戊辰戦争の時の落とし前をつけるために。それを山県がヘマをしでかすから、戦が長引いてしまった。早く黒田を出しておけばよかったと」

「何もそのような事は、僕は言ってはおらぬ。ただ、林は西郷決起を確信していたようじゃった。木戸さんの所にも来て、西郷軍に加担して、この機に政府の大改革をせんと迫っていた」

「人が入れ替ったところで、何の改革にもなるまいに。大改革を行い、国会を開いたところで、また征韓論に至るが関の山」

「そうじゃな」

「板垣も西郷さんに加担しなかったしな。林は兄の岩村通俊に話をしたらしいな」

「そうじゃな。林はあの時、鹿児島県令を拝命した岩村通俊に会い、郷里土佐は政府募兵の応募がすこぶる芳しくない。民選議院の建白以来、土佐では立志社社員がしきりに民権を唱え、人民をしてすこぶる自尊自重の精神を興起している。もし政府から板垣氏に西郷平定の上は必ず民選議員を興すとか、あるいは幾分かの自由権利を新たに国民に付与すべしと予約せば、土佐は板垣氏を始め必ず政府のために必死の尽力をなすものと説いたという」

「それで、岩村通俊は」

「岩村も弟の林にこの献策を政府にはかることを約束し、政府も一旦はこの策を採用したが、四月になって政府はこの策を反故とした」

「それで林は矛を政府に向けんとした」

「そうじゃ。林は土佐の旧勤皇党に話を持ち掛けるも、旧勤皇党の者たちは立志社の自尊自重の精神を受け付けけん。林は大事を共にする人物ではないと見放されたようじゃや。林と大江卓らは、高知県で挙兵を企てるも、八月に発覚して逮捕された」

「元老院議官をしておった陸奥宗光も、林の謀略に加担しておったな。それで大久保さんの怒りを買って山形の監獄へ送られた。俊輔の尽力で、今は宮城の監獄におるのじゃろう」

「そうじゃ。陸奥の体調が心配で宮城の監獄に移させた。今頃は宮城監獄で英国政治の研究に勤しんでいる筈じゃ。西南戦争の時、政府が紀州の兵隊なんか使っていたら、紀州兵は何方に向いて鉄砲を撃つか分からなかったからな」

「それで……。俊輔、何の話をしておったのかな」

「言論の自由と集会の自由の話じゃ、交詢社の『私擬憲法案』の」

「そうじゃったな。相変わらず、演説会では開拓使の払下げに大隈が反対していると言っておるようじゃな。東京横浜毎日新聞は、強弁をはっておるようじゃな」

「沼間守一の所か。沼間は聞多が大蔵省に引き立てた幕臣じゃろう」

「そうじゃ。江戸の生まれで、高梨家から沼間家の養子となった者じゃ。安政六年、養父が長崎奉行属員となり、沼間も長崎に赴き英国人ゼラールから英学を学んだ。慶応元年には、幕府陸軍伝習所に入所。フランス士官シャノアンに仏式兵法を学び、第二伝習兵隊長となる。戊辰戦争では、会津で銃隊を率いて大鳥圭介とともに板垣退助の新政府軍と戦っておるのじゃ」

「その板垣が戊辰戦争終結後に、沼間を土佐藩邸兵士教授方に就任させたという話じゃな」

「そうじゃ。じゃが、廃藩置県の断行時に沼間は土佐藩邸を離れ、横浜で商売をやったが、士族商法で上手くいかぬ。そこで、明治五年四月じゃったか、僕の推薦で大蔵省租税寮七等出仕とし、横浜税関詰めにしたのじゃ。沼間の経歴を考えての事じゃったが、沼間は人付き合いが出来ぬ。眼中に人無しで、誰を見ても『彼奴は馬鹿だ』という有様じゃった。物議をかもしては問題を起こすものじゃから、司法省の江藤新平に沼間を推薦し、司法省七等出仕としたんじゃ」

「それから明治八年に司法省を離れ、土佐の河野敏鎌の推薦で元老院権大書記官となったのじゃな」

「例の鶴岡事件の調査を行ったのじゃな」

「そうじゃな。明治十二年に元老院を辞職し、横浜毎日新聞を買い受け東京京橋区西紺屋町に東京横浜毎日新聞本局を開き、本格的に政治活動を始めたのだな」

「東京府会議員にも選出されておる。副議長にも当選しておる」

「今年十四年三月の自由政党創立の委員になり、国会期成同盟の責任者じゃな」

「八月に新富座にて官有物払下げ反対の大演説会を開催したんじゃな」

「演説会では、国会開設を論じ、払下げ問題を随分やりくるめたようじゃ。世評では、政府の失策を機会に内閣の交代が行われ、太政大臣に大隈、右大臣に大木、外務卿に福沢、司法卿に沼間、大蔵卿に岩崎、海軍卿に肥田、参議に河野、国会議長に板垣との話があるようじゃ」

「どこの誰が、そんな事を言っておるのじゃ」

「土佐の佐佐木高行から聞いた噂じゃ」

「放埒な言論は、為政者にとって厄介なものじゃな」

「じゃが、政府が国民から自由の権を奪えば、社会の活力が失せる。政治は自由闊達さが失せ専制政治となり、封建社会のような停滞した社会となるばかりじゃ。かといって、現状のままではな」

「自由な競争というものは、放埒さを生むという事か。封建社会では、親の職を代々継ぎ、無能な者でも親がそうであるというだけで要職に就けるから、競争という弊害も少ないが、福沢のような有能な者には堪え難い事じゃからな」

「長州藩の尊皇攘夷派も欧米列強なにするものぞとばかりに、君公を仰ぎ奉りながらも、心の底では封建社会を憎んでおった下級士族の集まりじゃったな。その下級士族も農民の出の僕には、小さな童までもが、親の身分を笠に着て、蔑みの目を以て見下していた。西郷さんも、大久保さんも、黒田さんも、そして我等もその事を知っていたから、薩長同盟を結び、武力を以て幕府を打ち倒したのじゃからな」

「あの封建社会の仕来りにとらわれていた吉田松陰でさえ、腹の底では、ナポレオンを起こしてフレーヘードを唱えねば、腹の虫が治まらぬと言っておったというのだからな」

「臣民の権利は神聖なもの。西洋の憲法の精神は、この権利を保護保障することこそが政府の任務。交詢社の『私擬憲法案』第七十七条には、『本国民はその族籍爵位を別たず、同一の法律に依ってその自由権理の保護を受く可し』としている」

「交詢社案も本来ならば、臣民の権利は、神聖にして犯すべからずとしたいところじゃったのだろうがな」

「それでは、重みがない。これまでの幕末維新の政治を考えれば、国権の前に臣民の権利など、いとも簡単に踏みにじられる事になるのは、明白じゃからな」

「第二条の天皇は神聖にして犯す可らざるものとして、含みを持たせておいた方が無難という事か」

「そうじゃな。それより、大隈さんが政党をどうしようと考えておるかじゃ。大隈さんの意見書では、立憲の治体を定めることを公示すれば、政党結成を促し、各政党の持説が世間に現れ、国人も甲乙彼此の得失を判定して各自にその流派を立てる事が出来、その時、議員を選挙し議院を開立すれば、よく社会の秩序が保持され立憲治体の真利を収める事が出来ると書いてあったが」

「いかにも、福沢が言いそうな事じゃな。これでは、岩倉公が計画するものの方が現実的じゃ」

「現実的か」

「岩倉公の計画するところの政党は、第一に華族を結集し、その上で天下の豪商、豪農を団結させるというものじゃ」

「華族と豪商豪農の政党か。聞多は上手くいくと思うのか」

「上手くいくも、いかぬもない。だから、岩倉公は華族農場払下げの事を進めておられたのだ。これが岩倉公の国会開設の第一要件じゃ。大隈も手を貸している。それで、開拓使が手懸けた農場を華族に払下げ、華族党の経済基盤を築こうとしているのじゃ。無産の華族が攘夷の温床となる事は、幕末に実証済みじゃからな。岩倉公も今回の事に関しては、強硬じゃ」

「じゃが、お上のご裁可が得られると思うのか」

「それはお上が還幸されてから、お決めになる事。それより、憲法の事じゃ。事態は急を要する。俊輔もここに至っては、やむを得ずドイツ憲法を学ぶほかあるまい」

「聞多は変節したのか」

「俊輔の元老院改良案は時機を失した。もはや俊輔の元老院改良案では、国会開設を主張するに至った士族を満足させる事はできないじゃろう。大隈の策に乗って国会を開設しては、却って政談の徒に公然と言論を行う場所を与えることになりかねない。土佐の急進的征韓論者や佐賀の天皇親政の保守主義者どもに言論の場を与えては、富国策も立憲政治も、破綻は目に見えておる。大隈は今、人望を得ることを主として、そこまでの定見はない」

「……」

「ドイツ憲法を学び、その法制を細密にし、地方議員中から選挙して下問議答させ、元老院を基礎に一年ないし二年後に下院開設を布告し、その後法制を全任させた方が得策じゃ」

「聞多は、戦略として、ドイツ学を学べというのか。それとも聞多も木戸さんの論になったのか」

「今ここに至ってはな。木戸さんも、岩倉使節団出立時には、急進的改革論者であったが、米欧視察中、漸進論を唱えるようになった。あの時、僕のところに書を送ってきた。米欧諸国がここに至ったのは、一朝一夕にあらずして、今日我が国開化と称するものの多くは、その形を変ずるに急にして、人情軽薄、ただ利にはしると言ってきた」

「岩倉使節団では、僕が大久保さんの考えに賛同するものだから、木戸さんとは険悪な関係になった。帰国後も、伊藤井上の徒は到底国家の大事に任ずべき器ではないと言われたものじゃったな」

「そうじゃったな。じゃが、僕もイギリス再留学で、随分コンソルベーチーブになった。明治九年の秋に再びテムズ河畔にたたずみ、感慨をあらたに経済学の勉強を始めた。ハミリーという著名な経済学者の家に下宿し、福沢の書生二、三人とポリチカルエコノミーの書を読んでいた。日本にいた時は、自由民権論者まがいにフリイばかりをロジカルに唱えておったが、近年は大いに悔悟していると、ロンドンから木戸さんに書を書き送ったものじゃ」

「戦略として、ドイツ学を学ぶのか」

「ドイツ学を学ぶ好機じゃ。俊輔はドイツ公使の青木に、憲法調査の手はずを井上毅を通じて依頼したのではなかったのか」

「そうじゃが……」

「そうじゃが？　俊輔はまだ、英国留学の初志を貫徹しようというのか。僕の二度目の英国留学時には、ディズレーリが首相じゃった。二年前の一八七四年二月に解散選挙があって、保守党が勝利していた。すでに自由党内部でもグラッドストンの影響力は低下し、グラッドストンの言葉は、むなしく響いていた。自由貿易が世界中に拡大した今、植民地領有の必要性はなく、行政費や防衛費など膨大な費用がかかる植民地経営は英国本国のお荷物であるというあの言葉が。グラッドストンが、海軍増強など狂気の沙汰だと言っても、誰も耳を貸さなくなっていた。景気が悪くてな。銀行が次々と破綻していた。自由貿易を破壊する戦争は極力回避するというグラッドストンの政策は、時代遅れのものになっておった。保守党のディズレーリはヴィクトリア女王に寵愛され、自由党のグラッドストンはヴィクトリア女王に疎まれていた」

「グラッドストンは、理想主義に過ぎたという事なのか。グラッドストンは、ディズレーリがヴィクトリア女王を政争の場に引っ張り出し、インド帝国王戴冠の挙に出るものじゃから、憂慮に耐えなかったとの話じゃがな。『君臨すれども統治せず』が、名誉革命以来のイギリスの伝統じゃ」

「俊輔は、グラッドストン贔屓じゃからな」

「岩倉使節団では、キリスト教の事で、アメリカでは、随分、やり込められたが、イギリスではグラッドストンがうまく取り仕切ってくれた。あの時は、グラッドストン自由党政権。イギリスにも島原でのキリスト教徒拘束の報が伝わっており、心配しておったが、宗教の自由は、キリスト教文明が最近になって勝ちとったものであるからと、ヴィクトリア女王に日本使節に対して穏便な話をして頂けるようにとお話しされたそうじゃ。グラッドストンその人がなければ、英国政府のあの様な振る舞いは、なかったじゃろうな」

「そうは言っても、僕は二度目のイギリス留学で、英政体はその名はコンチシューショナールモーナキなれども、その実は米国の協和政体よりも甚しく、それは英国固有の事情で成り立っている事を知った。にわかに模倣できるものではない。とに角、憲法起草の大任を任せられる者は、俊輔の外にないのじゃ。大隈の手から奪回せねばならない。山県、山田、西郷従道等にも内談し、同意を取り付けておる。何を逡巡しておるのじゃ、俊輔」

六　真相

「ご巡幸の方は」

「札幌にては、恙なく終えられました。八月三十日、青森港より海路、小樽手宮港にお着きになられました。黒田長官、松方内務卿の奉迎を受けられました。手宮からは、昨年開通しました鉄道にて札幌停車場に午後九時前にお着きになられ、札幌停車場から馬車にて、行在所となる豊平館へ向かわれました。沿道には、屯田兵、開拓使官吏、お雇い外国人、郡区町村吏、農学校小学校教員生徒等整列いたし、お上のご到着をお待ちしておりました。球灯を列ねた豊平館には、儀仗として屯田兵が整列。豊平橋からは煙火放揚があり、夜空に放たれた神々しい火の光にてご来道のお喜びを申し上げました」

「それは、何よりであった」

「翌三十一日には、開拓使仮庁舎に臨御され、黒田長官より北海道開拓十ヶ年の経過報告を受けられました。その後、開拓使の所管の事業をご巡覧あそばされました。工業課にては蒸気木挽場を、物産課にては製粉所をご巡覧あそばれ、黒田長官及び各課長がご説明申し上げました。特に明治五年の創設された工業課の工場では、黒田長官ご自慢の西洋式の器械をご覧になられました。物産課麦酒製造所では、佐藤物産課長の案内で、貯麦所、冷酒所、煎麦所、製酒所、瓶詰所等をご通覧、ご休憩の際には、麦酒製造所のビールが供進され、その夜、ご所望によりビール一ダースが行在所に献ぜられました」

「お上は、ビールがお好きであるからな」

「午後からは、苗穂村で勧業係葡萄園を、札幌村では農家作業の実況をご視察なされました。豊平館への帰路、お上は態々道筋を迂回され、小高い丘に登られて四方を展望あそばされたそうです」

「どこでじゃ」

「大友亀太郎旧宅の近くのです」

「大友亀太郎旧宅の近くの小高い丘から四方を展望されたのじゃな。やはり、お上は札幌開拓のご事情をよくご存じてあらせられる。農学校には、ご臨幸はなかったのか」

「午後から農学校園へ臨御あそばれました。農学校長の森源三権少書記官の奉迎を受けられ、生徒の牧草芟除や播種作業をご覧になられました。農学校園の巡覧を終えられると、勧業試験場に臨御されました。民事課長の調所大書記官とルイス・ボーマー殿が奉迎され、構内の調馬場にて競馬を天覧あらせられました」

「大隈参議は」

「この日は、有栖川宮様が一号官舎、藻巌学校、陸運改良係、札幌病院をご代覧なされましたから、大隈参議は黒田長官松方内務卿とともに陪従されました」

「そうか」

「お上は翌日の九月一日には、真駒内牧牛場へ臨幸あらせられました。調所大書記官がご説明役として随行され、次いで屯田事務係長の永山准陸軍大佐が先導役となり、山鼻村での屯田兵農作業の模様をご視察されました。午後からのご視察となった札幌農学校では、森校長が構内をご案内され、講堂にての授業を通覧され、博物室陳列品や生徒の理化学実験を天覧されました。お上は農学校を後にされると、偕楽園内博物場にて、製造諸品、鉱物、海産物、鳥獣魚類等の陳列を天覧されました。偕楽園内博物場は、まさに伊藤先生持論そのものです。『天造人作の諸物を収集し、衆庶の縦覧に供す』ものでした」

「そうじゃろう」

「それから、お上は、偕楽園内の清華亭にて、ご休憩あそばれました。ここ偕楽園には、シャクシコトニシ川の清流が流れ、園内至る所に泉となって吹き出す清泉湧出の地。お上は、偕楽園の湧水にて、お茶を召しあがられました。また、この時、偕楽園にて樺太アイヌ人による舞踏が天覧に供せられました。この者たちは、明治八年の樺太千島交換の際、樺太より札幌郡対雁村に移住した者たちで、演舞を供した男女二十一人には、清酒一樽が賜われました。この時、アイヌ人の言葉に通じている者の話では、彼らは跪拝して、『火神よ、アイヌを能く守り能く愛したまう天皇、日神、月神、海神の四柱に歓喜の情を伝えたまえ』との意を述べ、聖恩に感謝したという話でした」

「秘書官殿に話したら、喜びそうな話じゃな」

「全くです」

「札幌神社へは」

「幸はなされませんでした。一等掌典心得・堤正誼殿を奉幣使として、札幌神社に参向せしめられました」

「有栖川宮は」

「左大臣は、お上のご代覧として札幌から汽車で小樽に赴かれました」

「宮は小樽で何をされた」

「古跡と各工場を巡覧されました。当初、お上は小樽ご着港の際、手宮岩窟内の彫刻古代文字や鉄道工場等ご通覧のご予定であらせられましたが、風浪により小樽ご着港が遅れ、ご予定を見送られ、この日の有栖川宮様のご代覧となりました」

「そうか。それは残念な事じゃったな」

「札幌でのご視察は、これで終えられ、九月二日、千歳に向けて札幌をご出立なされました」

「ご苦労であった。宇都宮近傍での陸軍演習の方は、どうじゃった」

「八月三日、四日、ご天覧にて、こちらも恙なく終えられました」

「お上の従者は、誰じゃった」

「皇族方では、陸軍歩兵中佐の能久親王様です」

「北白川宮じゃな」

「そうです。陸軍からは中将の山田先生と西郷従道先生。宮内省からは徳大寺実則卿、大輔の杉孫七郎先生でした。杉先生からは、幕末の下関戦争講和での正使・高杉先生、副使・杉先生、通訳・伊藤先生の逸話を拝聴して来ました」

「そうか。それだけか。その他の側近は」

「侍従長の米田虎雄殿や山口正定殿の他に数多の近衛将校がおりました」

「何か変わった事は無かったか」

「特に変わった事は、ありませんでしたが、杉孫七郎先生から妙な話を伺いました」

「妙な話とは、何じゃ」

「岩倉公のお話です。何か大変、ご心配のようでありました」

「岩倉公の何の話じゃ」

「宮内省において評判がお悪いと。陛下も心配されておられると」

「何故に」

「窮乏された方が宮内省に拝借を願い出ても、全権を握られておられる岩倉公は、許される事はなかったと」

「そうか」

「それでいて、岩倉公自身が関与された貸出には、三万円の貸出でも二万円の下付となり、残りの一万円が不明となっていると……」

「政治には金がかかるものじゃからな。大久保さんが亡くなられた時も、借財の山であった」

「……」

「関西貿易商会の方は、どうじゃった」

「こちらは大変でした。活動の拠点を北海道に定めようとしていたようでした。副総監の広瀬宰平さんが北海道での事業の足掛かりとして黒田長官に接触され、調所、安田等の開拓使官吏にも酒宴を設け、内情を探っておられたようです。五代さん自ら、中野梧一、田中市兵衛を引き連れ、六月十四日大阪を出発して北海道を内々に視察されたそうです」

「して、その成果は」

「芳しいものではなかったとか」

「何故に」

「在道商人と開拓使官吏の複雑な利害関係があったとか。特に支那への輸出を考えていた昆布などは」

「複雑な関係か」

「そうです。明治十四年六月に関西貿易商会が設立された際、関西貿易商会は広業商会と提携して事業を進めることになりました。広業商会の事は、ご存知の事と」

「もちろんじゃ。広業商会は、開拓使と内務省勧商局との協議により明治九年十月清国貿易を目的として設立されたものじゃ。資本金四十万円を無利息で内務省勧業資金から貸与した。設立される際には、内務卿をしておられた大久保さんと大蔵卿の大隈さんが強く後押しした。本店を東京に置き、函館、長崎、神戸、大阪、横浜、上海、香港に支店を開設した。広業商会の開業により、大阪神戸で清国商人に物産を卸すことなく、清国へ直接輸出できるようになり、清国商人に廉価で買い叩かれる事もなくなったのじゃ」

「社長の笠野さんの事は」

「先代の笠野熊吉の事なれば、知っておるが、一昨年亡くなられ、息子の吉次郎が後を引き継いだと聞いておる。先代の笠野熊吉は鹿児島出身で、明治四年に開拓使用達に、明治七年の征台の役では蕃地事務用達となっておる。明治八年大蔵省から清国商況視察を命じられ、明治九年には大蔵省勧商局用達になったはずじゃ。息子の吉次郎が社長に就任する際、郷里の先輩の五代さんが後見人となったと聞いておる。吉次郎は新規事業に着手したという話じゃったな」

「そうです。広業商会はこれまでの水産事業に加えて、昨年五月に根室支庁管内・厚岸郡の木材の海外輸出の申請を行っております」

「木材をな」

「そうです」

「何でも、北海道東部地区では、木材の乱伐が続き、太政官より伐採を控えるようにとの達示があったと聞いておるが」

「伊藤先生はよくご存じで」

「それで、関西貿易商会の方は、どうじゃったのだ」

「関西貿易商会もその名の通り、当初目指していたのは、関西物産の海外販売でしたが、関西貿易商会には商権がなく、諦めたそうです。それで、その事業を北海道の物品販売に限り、その販売品も支那輸出品に係わる昆布・海鼠・鯣・椎茸の類と大阪東京で販売する糟魚油塩魚干魚の類の二種類に絞ったそうです。この北海道の事業においても、漁業資源豊富な北海道西海岸から函館までは既に商権が確立しており、新規の関西貿易商会には勝算はありませんでした」

「それで」

「北海道の未開の地である根室及びエトロフ諸島に活動の拠点を求め、小蒸気船二艘を購入し、函館支店において物産相場を照考し、東京大阪で販売する事にしたそうです。この話は中野梧一から五代さんに話されたようです。関西貿易商会は、海上輸送手段に不備がありましたから、北海道に着手しようとするならば、回送の道が立たなければ、見込みが立たぬと」

「もっともな話じゃな」

「三菱の岩崎も、開拓使所有の船舶に目を付けておりましたから、五代さんは開拓使の安田さんに働き掛けておられたそうです。その顛末は伊藤先生の方が、よくご存じかと」

「その話ならば、昨年来、五代さんと岩崎さんから開拓使に内々に働きかけがあったようじゃが、黒田さんが反対し、破談となっておる。それで」

「それで、五代さんは船舶の払下げの事は諦めて、今度は開拓使の税品販売事業に目を付けられたというのです。それで、五代さんは、谷元・種田両氏に開拓使管轄の昆布と鮭の処分に関しての黒田長官の意向を探らせたというのです」

「それで、どうなった」

「これも上手くいかなかったという話です」

「そうじゃろうな。その話は誰から聞いた」

「私の知り合いの開拓使勧業課の方です。伊藤先生の一筆をお見せすると、全てをお話し下さいましたが、その話は、伊藤先生の方が、詳しいはずだと」

「そうじゃな。そもそもの話じゃが、明治九年五月内務省に勧商局が新設され、北海道の海産物輸出は大蔵省から内務省の手に移り、同年十月に内務省勧商局と開拓使の間で『北海道産物売買定約』と『北海道産物売買事務取扱手続書』が定められた。これにより、開拓使収税品中、清国向けの輸出品の昆布、煎海鼠、干鮑、鯣の四品は勧商局が函館の相場価格にて全て買い取ることにしたのじゃ。同時に零細な北海道の生産者に対して産業資本金の名目で年六分の利子で資金を貸し付けることにした。資金は勧商局から開拓使へ融通し、返済は収穫品で行い、手続きは開拓使が管理することになった。それで貸付金償還のための収穫品は各産地において開拓使官吏が受領し、函館駐在の勧商局官吏あてに送付し販売委託する事にした。何でも、その販売委託時の勧商局への手数料は控除されるとか言っておったな」

「……」

「じゃが、役人商売の先は見えておる。函館の相場での税品の買上げといっても、その品質の見定めは如何ともしがたい。結局、函館在住の商人の手を借りる事となった。更に買い上げた税品の清国への輸出となれば、新たな制度が必要じゃ。明治八年五月に開拓使がいち早く中判官の西村貞陽を清国に派遣し、調査を行わせたのもそのためじゃ。佐賀県人の西村は清国視察にあたり笠野熊吉を随行させたのは、笠野が佐賀商人と深いかかわりがあったからじゃ。何を隠そう、広業商会の母体は、佐賀にあったのじゃから。幕末から長崎との清国貿易に精通していた佐賀商人の力が必要となったという訳じゃ。黒田さんと大隈さんの軋轢も、この辺からも垣間見られる。北海道の海産物輸出事業は、当初、開拓使がその財政的存続をかけて始めたものじゃ。今日の開拓使廃使に至っては、離職官吏の食い扶持ゆえ、流石の五代さんでも、北海道産物売買はおいそれとやれる代物じゃない。広業商会の業務が清国輸出品の荷為替、委託販売、官品の販売に限定されたのも、開拓使との軋轢があっての事。明治十年五月に『北海道産物売買定約』と『手続書』が改定され、広業商会が函館で清国向け貿易品を取り扱うようになっても、開拓使官吏との軋轢がなくなったわけじゃないのじゃ」

「そういう複雑な事情があったのですか。それで五代さん一行が北海道の視察をしても、一向にめどが立ちませんでしたから、関西貿易商会内には、慎重論が台頭したそうです。その矢先、今度は新聞紙で関西貿易商会への払下げを問題視する報道です。関西貿易商会への非難が激しくなりますと、副総監の広瀬さんからは、北海道から撤退するよう進言されたそうです。昨年のあの事が、よい教訓だと」

「昨年の事？　植村の件か」

「そうです。植村先生は京都府知事転任の際、府下の工場を払下げるに当たり、同じ長州人の磯野さん、ないしは辞職官吏へ払下げを行おうとされましたから」

「あの時も、新聞紙上で厳しく非難されたからな」

「今回も薩摩の黒田長官が、同じ薩摩の五代さんにとの話ですから、広瀬さんは京都の件と差はないと。理屈を言えば、北海社と関西貿易商会とは別会社であるが、将来、その事業を補助するような事にでもなれば、世上の論者は何と言うかと心配されておられたそうです」

「いかにも大事業家じゃな」

「広瀬さんは、五代さんに諫言されたそうです。このままだと、今までの苦労が水の泡だと。関西貿易商会の資本金百万円は、貴下のご苦心は勿論、社役員も苦労を積み、ようやく集めたものと」

「……」

「それを北海社との私謀に出で、人民租税の一部を以て政府の開きし北海の事業を私にせば、万般の事業にその影響を及ぼす事、計り難しと」

「それで、広瀬さんは手を引けと言っておるのか」

「そうです。広瀬さんは、全面撤退策を唱えられたそうです。世上論者の喋々するところに抗激せず、貿易社へ払下げられた岩内炭鉱及び厚岸官林等の如きは返却し、北海社への工場等払下げの順序に関しては関西貿易商会は関係せず、岩内の炭鉱その他何々を払下げるの見込みであったが、関西貿易商会は断然返還せりと、天下に広告されよと」

「それで五代さんは」

「岩内炭鉱の方だけは、諦められておられなかったようです」

「どうして分かるのじゃ」

「五代さんが函館の広業商会を訪れた時の事を、地元函館新聞が八月三十日に記事にしておりましたから」

「どんな風に」

「『僕の事を新聞等にてさまざまと風説なし、何か当道の利を壟断するなどと記せど、覚えなき事にして、土地を開き海産を興し、その利を得んとするは僕の存じ寄らざる余所事にて、僕の目的は只当道の鉱山にあれば、当港商業に従事ある人々は、僕に懸念なきように』と広業商会社員に話されたというのです。それがです……」

「それが、どうした」

「今度は黒田長官の様子が変なのです」

「いか様に変なのじゃ」

「函館支庁の時任大書記官の話です」

「時任が何と言った」

「北海道運輸会社の常野正義と田中正右衛門が、開拓使所属の汽船及び倉庫の払下げを、八月十二日に函館支庁に願い出たという話です」

「それで、時任は何とした」

「『汽船倉庫はすでに他所へ払下げたる後なれば』と回答されたそうです。常野らは十三日に函館に出向かれた黒田長官にも面会し、同様の請願をしたそうです」

「黒田さんは」

「時任大書記官と同様の返答をされたそうです」

「どこが変なのじゃ」

「これも、時任大書記官の話です。この北海道運輸会社は、函館の有力商人と北海道の有志が設立したもので、彼らは、開拓使官有物の汽船倉庫等が北海道運輸会社に払下げられれば、北海道の開拓事業に貢献するものと黒田長官と函館支庁に嘆願書を提出したというのです。明治十二年十二月の函館大火後、北海道から青森、東京、大阪その他の地域への三菱汽船の往復運賃が高騰したため、黒田長官は三菱汽船の運賃減額に奔走されておられましたから、彼らは黒田長官の英断に期待したのではないかと」

「黒田さんは、彼らに会ったのか」

「元区長の常野との面会にだけは応じられたそうです。黒田長官と時任大書記官は、北海道運輸会社の株主で、お二人とも、北海道人民の結合により設立された北海道運輸会社を祝されておられたという話ですから。黒田長官は元区長の常野に事情を話し、説得されたそうです」

「何とじゃ」

「汽船と倉庫はすでに他に払下げてしまったから、汽船を購求したければ、英なり米なり我が全権公使へ電報して、至急注文致すと」

「成る程」

「従来の官船より立派なものも購求できる。都合によりては、明治丸を払下げてもよいと」

「それで、収まったのか」

「常野から黒田長官の返答を聞いた請願者たちは、いっそう態度を硬化させたそうです」

「何故に」

『汽船を新調して遣すなどとは、人民を愚弄するもの』と。『船を新調するとせざるは我々の勝手』と。函館は幕末の開港以来、進取の気象の者たちが集った土地ゆえ、黒田長官も時任大書記官も、大変難儀をしておられました」

「それで、どうなった」

「以後、黒田長官は請願者との面談に応じませんでしたので、時任大書記官ら六書記官が交渉に当たったそうです」

「時任は、いか様に対処した」

「『過日以来、申し諭したように、長官閣下が深くご信用なさる某の一手に払下げられれば、全道一般の幸福とこそなれ、迷惑となるが如き事は一切あるまじ』と協力を求められたそうです」

「それで、請願者は」

「山本忠礼という者が、『その一手に引き受けたる会社は、如何なる事をなして、我々に幸福を与え、また迷惑とならざる事を証するに足るや』と難しい理屈をこねてきたそうです。何でもこの山本忠礼なる者は、函館裁判所におった代言人で、函館裁判所を辞めて、自由民権運動に身を投じた者だそうです」

「それで、時任は」

「『今度設立の会社は汽船運賃を安くし、最も便利を謀るはずだ』と応じられました」

「して山本忠礼は」

「『今出来る会社も第二の三菱会社の如き者にはあらずや』と反論し、『我々の願意ご採用なり難くば、ご巡幸の折を待ち奉り、車駕にすがり奉るより外なし』と強硬な姿勢を示したそうですが……」

「ですがとは、何じゃ」

「黒田長官はひょっとして、開拓使の船舶を関西貿易商会ではなく、北海道運輸会社に払下げるか、あるいは離職官吏の会社に払下げ北海道運輸会社と合併させる腹づもりではなかったかと。まして北海社などには」

「当初の話では、そうなったやもしれぬが、それがどうした」

「昨夜、秘書官殿に会って、北海道の事情を話すと、秘書官殿は東京日日新聞の記事を見せるのです」

「福地の所じゃな」

「そうです。黒田長官は、八月二十日の五代さんの来道に際して小樽から札幌までお召列車を使わせ、華美な旅館を用意し、ご馳走したというのです」

「さしたる事ではあるまい」

「そうでありますが、黒田長官が五代さん、中野悟一ご宿泊予定の旅館を検分された際、属官の佐藤を呼び付け、『左のみ見苦しくは無けれど普通一般の旅店なれば以ての外』と叱責されたそうです」

「それが、どうした」

「この佐藤という吏員は黒田長官が警視庁から直々に開拓使属官に取り立てた薩摩人だけあって、なかなかの者。黒田長官の叱責に対して、『貴下何の権あって政府官吏を辱しむるや』と懐にあった鼻紙に辞表を書き、その場を立ち去ったというのです。これまでの経緯を考えると、黒田長官はそこまでして、五代さんに頭を下げなくてもよいと思うのですが」

「それが変だという事か」

「そうです。何故に、黒田長官は、五代さんに便宜を図るような事をするようになられたのかと。それで秘書官殿に事情を話してくれぬかと言うと、色々と厄介な事が起きておるから、明日、伊藤先生が戻られるから、直接、伊藤先生に聞いてくれと」

「その話なら、お上の裁定を待つという事になっておる。札幌ご巡幸中、有栖川左大臣、大隈参議、松方内務卿、黒田長官と何らかの話し合いが持たれたやもしれぬが……」

「それでは、ご裁定は、まだ下されておらなかったという事なのですか」

「そうじゃ。ご巡幸前に裁可が下されたのは、北海道の収税品などの委託販売のものじゃ。黒田さんは七月三十日、お上から収税品などの販売委託の内決を受けた後、僕に大隈さんに口をきいてくれと頼んで来た」

「何をです」

「零細漁民のための補助金じゃ。開拓使が廃使されると、本州資本が北海道の物産を安く買い叩くから、漁民の富裕化を阻害する恐れがあると」

「そうなのですか。官有物払下げのご裁定はまだだったのですか」

「そうじゃ。東京に還幸されてからじゃ。それで、函館の方は、どうなったのじゃ」

「今度は函館の区会議員が出て来ました」

「区会議員が、どうしたのじゃ」

「北海道運輸会社設立会議に参加した函館の区会議員です。建議書を函館区役所に提出し、函館区が豊川の常備倉の払下げを受けるよう願い出たそうです」

「それで」

「建議書を受理した区役所は、函館支庁に臨時区会の開催を上申し、同夜、臨時区会が開催される事になりました」

「それで、臨時区会は」

「建議通り、区内共有金で豊川町常備倉を区有共有物として払下げるよう議決したそうです。区長心得の桜庭為四郎が、議案と議事を函館支庁に提出しました」

「支庁の対応は」

「区長心得からの上申書は受理しましたが、区会議員から提出された払下願は拒否されました。函館支庁が受理した区長心得からの上申も、時任大書記官は、この常備倉は北海道の為めに使用せるものと却下されました」

「それで」

「官吏の対応に不満な函館の民権家は、八月十七日に渡辺洪基、原敬、花房直三郎の三名を迎え懇親会を持ったそうです」

「渡辺洪基に原敬じゃな」

「伊藤先生はご存知で」

「忘れたのか。岩倉使節団の二等書記官の渡辺洪基を」

「アメリカとの条約交渉再開に反対し、辞表を提出し帰国した」

「そうじゃ」

「やはり、そうだったのですか」

「帰国させ、琉球使臣接待役にし、牡丹社事件を調査させた」

「台湾の先住民が琉球の漂流民を撲殺したという事件の」

「そうじゃ。僕らの横浜港出立後の明治四年十二月十七日に、宮古島から首里へ年貢を輸送し、帰途についた琉球御用船が台風で台湾南部に漂着した事件じゃ。渡辺君には、その事件の調査を依頼した。その他にも、琉球帰属問題でのアメリカの動向も」

「風の便りでは、欧州に行っていたとか」

「そうじゃ。渡辺君が出世頭じゃったな。琉球使臣接待役の仕事を終えると、オーストリア・イタリア両国の公使館付の二等書記官となり、明治六年四月にはウィーンに赴いた。明治七年八月には、佐野常民公使の帰国に際し、渡辺君にオーストリア臨時代理公使をやってもらった。渡辺君は明治九年六月に帰国すると、外務権大丞となり、記録局長心得として、外務省の外交文書の整理もしてもらった。ウィーンでの経験を踏まえ、文化事業でも貢献してくれた」

「何の文化事業ですか」

「ウィーンで地理学協会会員となっていたから、帰国してから同志を募り、明治十二年四月、東京地学協会を設立した。社長に北白川宮が就任され、榎本武揚と鍋島直大さんが副社長となり、渡辺君が幹事となった。渡辺君の活躍はそれだけでない。岩倉公の推薦で、学習院の次長となり、華族教育の基礎を築く方策を提言してくれた」

「学習院のですか」

「そうじゃ。渡辺君の提言は、男子学生には、幼稚園を設け、その上に普通科、さらにその上に政治経済兵事を学ぶ実学科と和漢英を学ぶ文学科を置く。実学科では、特に経済学に重きを置くものとする。これは将来、軍人や政治家になる者が、経済の事を知らねば、国家の破綻を招く事になるとの考えからじゃ。女子生徒の教育にも、男子同様、普通科を設け、将来、家を守るも、社会性のある賢婦を養成するとの提言もしてくれた。渡辺君は人目にはつかなかったが、八面六臂の活躍じゃった。外務権大書記官をしながら、内国勧業博覧会事業局御用掛、太政官大書記官、学習院の次長を兼任してくれた」

「それでは、なぜ、函館で民権運動をしておったのですか」

「渡辺君は外務省記録局の仕事の集大成として、明治十四年四月に『外交志略』を完成させると、外務省からの慰労金で民情視察をかねて、全国漫遊の旅に出てもらったのじゃ」

「それでは、なぜ、報知新聞の者と一緒に」

「君も知っての通り、自由民権運動の高揚に伴い、政府は新聞紙上での報道に手を焼いておった。明治八年に讒謗律と新聞紙条例を発布し、禁固刑と罰金刑をもうけたのも、そのためじゃ。讒謗律では、著作文書において事実の有無を論ぜず人の栄誉を害する行いをした者を処罰し、新聞紙条例においては、社主の責任を明確にし、違反時の罰則を定め、掲載記事に対する弁明・反論・訂正要求の掲載を義務づけた。渡辺君には、昨年四月に布告された集会条例の原案を作ってもらった」

「原は。伊藤先生は、原敬なる者を存じておられるのですか」

「原か。原は旧南部藩の者で、司法省法学校を退学となり、中江君の家塾で学んでいたようじゃ。何でも知人の伝手で郵便報知新聞の記者となり、渡辺君の所に出入りするようになったとか。渡辺君の集会条例案は、原と話し合って作ったものじゃ。原は、報知新聞社長の命令で、渡辺君の全国漫遊旅行に記者として同行し、その記事を書いている」

「それでは、伊藤先生は、渡辺さんに民権派の動向を探らせておったのですか」

「そうではない。いやしくも、渡辺君は福井藩で横井小楠から学問を授かりし者。渡辺君の岩倉使節団入りも、福井藩の推薦じゃった」

「それでは、何故に全国漫遊など」

「真の民権論を啓蒙するためじゃ」

「真の民権論ですか」

「聞多は英国帰国後、国会開設の事を論じに福沢の所に出入りしていたが、その際、福沢に駄民権論を論破する新聞の発行を依頼していた」

「井上先生が、福沢諭吉の所にですか」

「そうじゃ。民の実情を知り、策を論じるというのが、真の民権論じゃ。そのための渡辺君の全国漫遊旅行じゃ。僕も聞多も大隈さんも、一刻も早く藩閥政治を終焉させようと話し合っておったのじゃが、大隈さんが今年三月に立憲政体に関する意見書を太政官に提出してから話がおかしくなってきた。福沢へ依頼した新聞紙の話ももうやむやになった。福地の東京日日新聞では、心もとないからな。そういえば、函館の物件の事は、東京日日新聞でも言及していたな」

「いつですか」

「八月二十七日の紙上でだ。函館の常備倉は海岸最要の地所、一坪十円ならば即金にて引受人多かるべしと。煉瓦石蔵も新築で、一坪五十円を下らないと。玄武丸・矯龍丸の事も書いてあったな」

「何とですか」

「十万円ならば即金に願人あるべしと。七重試験所も、建物だけでも十万円を費やしたもの。その土地は数百万坪で、熟田となるものと」

「ご尤もな話です」

「そうじゃな。根室札幌の牧畜場にては牛馬二、三百頭、羊数百頭を蓄え、今日では高価の牧場なるべしと書いていた」

「福地先生らしい話です。伊藤先生への当て付けでしょうか。まだ岩倉使節団での模擬裁判の事を根に持たれているのでは」

「昔の話など、どうでもよい。それで、函館の民権家はどうしたのじゃ」

「常備倉払下げを函館支庁に拒否された請願者たちは、九月五日、ご巡幸で函館に入られた大隈参議に直接請願に赴きました」

「そうか、大隈さんの所に請願に赴いたか」

「道議会議員の石川なるものは単独で、枚田、井口、山本の三氏は函館区民総代として、大隈先生の宿を訪れました」

「それで大隈さんは」

「今般のご巡幸は、人民の疾苦を問わせらるるのご旨意、忌み憚ることなく意見を申し述べよと面会に応じられたそうです」

「山本忠礼から大隈参議に『閣下にお含みを願うは勿論なれども、第一の歎願は　天皇陛下へご奏問を願い奉り度』と申し出ると、一同からも開拓使創業より今日までの事情及び一同の今後の計画を申し述べたそうです」

「大隈さんは何とした」

「なお、申し述べる事あれば、滞在中は何時でも来て申し述べよと。拙者はいか様にも繰り合わせ面会するからと」

「噂に違わぬ、民権家という事じゃな」

「開拓使の処分に憤慨していた一同も、思い掛けない親切の言葉に落涙し、蘇生の思いをなし退いたとか。大隈先生も安請け合いをいたしたものです。黒田長官が払下げを予定していた物件を大隈先生が横取りし、民権家に払下げをいたそうというのでしょうか。黒田長官がお怒りになるのも、もっともな事です。五代さんも地所船舶等の払下げなくば、採算の合わぬ工場を押し付けられても、お困りになるにちがいありませんから、大丈夫なものなのかと心配しておりました」

「それで民権家は」

「それで」

「翌六日には、井口、山本、牧田、林、小野の五氏が区民総代となり、民権主義の大臣と仰がれた有栖川左大臣に面謁を求めたというのです」

「宮は応じられたのか」

「勿論の事です。有栖川宮は、函館の景況は兼て聞き及べども、かくまで盛んなるとは思わざりし。聞きしに勝さる繁昌なる善き地なりとの感想を述べられたそうです」

「その話は誰から聞いた」

「朝野新聞の記者からです。函館で大隈先生の宿を訪ねたのですが、ご多忙との事で、大隈先生の秘書官から詳しい話ならば、朝野新聞の記者の者がおるから、その者から聞いたらよいと、紹介されました」

「朝野新聞じゃな」

「そうです。朝野新聞が何か」

「朝野新聞の論は、自由開拓、自由製造、自由商業の主義じゃ。開拓使の件も干渉は害、逸早く開拓使を廃し県を置くとの論じゃ」

「マンチェスター学派ですか」

「そうじゃな。当初の開拓使の計画も、模範工場・模範農場を作り、民間に払下げ、早急に政府は手を引くとの計画じゃった」

「そうなのですか」

「それで、函館の民権運動家は」

「その後、函館区民総代は、船舶倉庫等の払下げ願書を有栖川左大臣と大隈大木両参議に奉呈しました。彼らが言うには、『豊川町常備倉は地方公共に関し、行政上一端に属す物件、諸工場其他と全く性質を異にするもの』と言って、大隈参議の政治力に期待したようです」

「その請願はどうなった」

「九月十日、却下されました。その夜、会所町宝亭で演説会が催されましたが、演説会は山本忠礼の『開拓使を廃して県となすの利害』に始まり、『国会論』を演説した交詢社社員の高木喜一郎は、『憲法未だ立たず国会未だ開けざる寡人政府の通弊、政府の組織を改良すべし』と訴えておりました。函館の民権家の動きは、こんな所です」

「それで、君はどうしておったのじゃ」

「お上は函館御行幸をもって北海道のご巡幸を終えられましたから、私は先ずは知内村に赴き、農場の開設の打ち合わせをしておりましたが、思わぬ事から山田農場の窮状を耳にしましたから、急ぎ山田先生篠路開墾予定地を見に戻りました」

「そうか」

「篠路は札幌近郊の地なれども、石狩川の氾濫絶えず、開墾困難なる湿地ゆえ、開墾はお止めになった方が宜しいかと申し上げていたのですが、山田先生は政府から百四十町歩の土地の下付を受けた以上、何とかしてこの地に山田の名を冠した農場を興したいとのお話でしたから」

「昨年、山口県人を入植させ、開墾を始めたとは聞いていたが……。札幌開拓の事は、維新時からの山田兵部大丞の初志であったからな」

「そういう事で、札幌に戻りましたから、東京に戻る予定が遅れてしまいました」

「そうか。それでは、君は函館騒動の顛末をまだ、知らぬのだな」

「顛末？」

「そうだ、顛末じゃ。事態は実力行使となったのじゃ」

「実力行使？」

「ご巡幸中、開拓使官有物払下げをめぐり、新聞演説会等で、政府批判の嵐じゃ。不測の事態を招いてはと、内閣一同協議し、払下げ容認から中止とした。黒田さんには、北海道ご巡幸終え次第、早急に帰京するようにと書簡を送っておいた。九月八日に黒田さんが開拓使書記官とともに玄武丸に乗り込み、帰京すると、九月十三日の閣議で、開拓使官有物の払下げ中止の旨を伝えた。払下げ中止を聞いた黒田さんは、怒り心頭じゃった。拳を握りしめ、この件は我等とお主どもと、最初に相談して始めた事ではないかと、僕等を罵倒した」

「それで暴力沙汰になったと」

「そういう話ではない。さらに黒田さんの怒りを誘う事件が起きたのじゃ」

「何でしょうか」

「君が報告してくれた函館騒動の事じゃ。報知新聞で函館区民総代がご巡幸中のお上に民情を建議されたとの記事を読み、仰天した黒田さんが、『不届千万どいつも、こいつもしばれ』との電信を送ったのじゃ。十月五日の朝野新聞には、船舶倉庫等の払下げの嘆願書を上奏した井口兵右衛門、牧田藤五郎、山本忠礼等が、函館区民に『強て払下を出願』させたとの理由で警察署に拘引されたと書いてあった」

「本当なのですか」

「本当の話じゃ」

「黒田長官が、実力行使をされたのですか」

「命令を発した時任大書記官も、拘引された山本忠礼も、数年来、函館人民の為に心を尽くし、人民からも深く尊敬された者じゃ。山本忠礼などは、函館裁判所判事を勤め、明治十一年に裁判所の職を退き、在野で函館区会の開設に尽力した者と聞いておる。両人とも、明治十二年十二月の函館大火に際しては、函館復興のために義捐金を拠出した岩橋轍輔などの事業家とともに、函館復興に尽力した者じゃ」

「やはり黒田長官には、何か後ろめたい事でもあったのでしょうか」

「何も後ろめたい事などない。黒田さんは五代さんに頼みたい事があっただけじゃ」

「頼みたい事」

「そうじゃ。岩内の炭鉱の事じゃ。岩内の茅沼炭鉱の事は、黒田さんの宿願なのじゃ。黒田さんが北海道の鉄道を小樽に向けたのも、岩内炭鉱の開発を鑑みての事じゃ。そもそもの話、幕末にペリーが来航し、箱館を開港する事になった時、外国船に石炭を供給せねばならなくなった。当時、蝦夷地には白糠で石炭が採掘されておったが、質の悪いものじゃから、安政三年に発見された岩内の炭田の開発を新政府は、急いだのじゃ。すでに、元治元年に箱館奉行所の手でアメリカ人技師を招き採掘されており、石炭運搬に関しては、イギリス人技師ガウワーによってトロッコの建設がなされていたのじゃ。この事業は箱館戦争後、明治新政府に受け継がれ、明治二年に改めて開拓使に雇われたガウワーによって、木製軌条のトロッコが敷設された。この茅沼炭鉱の木製軌条は、日本鉄道の嚆矢というべきものじゃ」

「……」

「箱館戦争時から蝦夷開発を手掛けてきた榎本や大鳥圭介の箱館戦争降伏組は、日本人の手で北海道の石炭・硫黄を開発し輸出する事を考えていた。黒田さんは榎本の開発計画をケプロンに打診するも、アメリカ資本の手による開発計画を考えていたケプロンは、もっと大局的な見地に立ってと榎本案を拒絶したのじゃ。黒田さんは、ゆくゆくは榎本を開拓使長官にと考えていたようじゃ。黒田さんは箱館戦争後、頭を丸めて榎本助命嘆願に奔走したからな。じゃが、ケプロンもアメリカでの農務長官の職をなげうって、黒田さんの手によって北海道に招かれた方じゃ。ケプロンの面子を潰すわけにはいかぬ。結局、榎本さんが北海道の事から手を引き、黒田さんが明治七年に開拓使長官となり、ロシアとの懸案であった国境問題で黒田さんと榎本さんの手によって明治八年五月に千島と樺太との交換の事が条約で批准されると、ケプロン殿は日本を離れ帰国されたのじゃ」

「榎本を長官に……」

「じゃが、肝心の茅沼炭鉱には手を焼いた。工部卿の山尾庸三さんの話じゃと、あそこの地層は複雑で、採掘には技術を要する。おいそれと、開発できるものではないと」

「それで五代さんに任せようと」

「そうじゃ。茅沼炭鉱開発の障害は、地層問題だけじゃなかった。石炭運搬方法も問題じゃった。今年、運炭船の第一石狩丸、第二石狩丸と曳航船の岩内丸が建造されたが、冬場の悪天候にては、積出日数も制限される。ゆくゆくは、炭鉱に近い発足あたりに貨物駅を設け、小樽まで鉄道を敷くという構想もある。昨年十一月には、長万部から岩内を経て茅沼炭山へ電信を引き、今年には、木製トロッコ軌道を鉄路といたし、基盤整備に努めた」

「発足に鉄道をですか」

「ゆくゆくの話じゃがな」

「それで、開進社の発足農場が計画された」

「そういう事じゃ。岩倉公の宿論じゃからな。米欧、鉄道を開きし以来、内外の物産の繁殖、昔に倍蓰すとな。

それで開進社の方はどうなった。事情を話してくれぬか。開進社は一大事業を興すべく、開拓使に耕地十万町歩を無償で払下げを出願していたはずじゃが」

「その事なれば、明治十二年十月、開拓使より亀田郡下湯川村に七十六町の土地の仮貸与を受け、そこに家屋六棟からなる第一会所を置き、耕牛馬二十五頭、社員教授九人、機械組生徒四十余人で開墾を始めました。近代的農業技術の伝授を目指した湯川の農場は、模範開墾地の一つに数えられ、目覚ましい成果を上げております」

「そうか」

「さらに、開進社は翌年の明治十三年三月に爾志郡乙部村と山越郡長万部村の、七月には岩内郡発足村の、明治十四年六月には亀田郡軍川村の、九月には札幌郡手稲村の着手許可ないし内諾を開拓使より次々と受けました。なかでも岩内郡発足村の千五百町歩と札幌郡手稲村の二千町歩は、他を圧倒する大きなものですが、発足村の方は内諾に留まり、まだ着手許可は出されていませんでした」

「開進社の資本金は、いくらじゃったか」

「二百万円です。資本金の利子の半分を開墾費に充て、残りの利子分と資本金を凶作の時の補助金に充てる計画です」

「岩倉公の話では、五十万と言っておったが」

「それはご融資分の話ではないかと。昨年三月の華族族長会議で、開進社の資本金二百万円を華族一同で支出する事になったそうですが、十一月下旬に至って華族からの資金融資は五十万円となったそうです。宮崎簡亮殿の話では、岩倉公は第十五国立銀行の大蔵省への借上金五十万円を開拓使へ転借する事を試みるなど資金集めにご奔走されたそうですが、結局、開進社が資本金不足分の百五十万円を公募する事になったそうです」

「公募の方は、上手くいったのか」

「惨憺たるものだったそうです」

「そうじゃろうな」

「伊藤先生は、ご存知なのですか」

「話は黒田さんから聞いておる。今年明治十四年四月に行われた公募に応じた資金は五万八千円に過ぎず、岩橋轍輔は黒田さんに三十万円の資金を無心する哀願書を書き送ったそうじゃ」

「黒田長官は、どうされたのですか」

「起業費の増額を有栖川左大臣に申し入れたが、六月に起業費の増額は難しいとの返答を受けた。岩橋轍輔は松方内務卿、河野農商務卿にも拝願書を出し、事業協力を求めたが、それでも資金の集まらない開進社は、苦肉の策として士族少年現業生徒の募集を計画し、士族授産資金を充当することにしたのじゃ」

「そういうお話だったのですか」

「成人士族には、農事は難しいからな。君も農事の事では、手を焼いたのではないのか」

「そうです」

「そこで開進社は、先ず士族少年を北海道に移し、幼少の時から農業の訓練を施し、その後で一家を呼び寄せる事にしたのじゃ。確か、宮崎簡亮が事業計画を立てているはずじゃが、何か言っておらなかったか」

「資本金の事もそうですが、会社を運営する経費も大変だと」

「経費はいくらかかると」

「年に十万円ぐらいだとか」

「何を栽培するつもりじゃ」

「麻に小麦に甜菜を栽培されると。甜菜で砂糖を製造するそうですが、新たな事業には困難がつきものです。小樽試験場で試験栽培が行われましたが、エドウィン・ダン殿からは、糖度が低いから牛の飼料として栽培した方がよいと言われたそうですが、宮崎さんは内務省勧農局の意向もあり、甜菜を原料とした製糖事業に挑むとのお話でした。採算に合うか、心配されておられましたが」

「また金の話か」

「お金だけでなく、人にも」

「人手不足という話は聞いておらぬが。五百人近くが入社すると聞いておるがな。他にも希望者があるという話じゃが」

「開進社の現状では手一杯だというお話で、政府の授産事業は何か有難迷惑のようでした」

「有難迷惑とはな」

「何でもご巡幸先の函館にあって、大隈先生は、九月五日北白川能久親王殿下に随行され、開進社第一会所の代覧を行われましたが、その際、社長の岩橋さん自ら、窮状を訴え士族授産金の援助を申し出られたそうです」

「その話は黒田さんからも聞いておる。慰労金として百円のお金が下賜されたと聞いたが、何れにしても官有物の払下げ問題が、容易ならぬ事態となってしまった」

「確かに、容易ならぬ事態になりました。伊藤先生は、開拓使官有物の払下げをどうされるおつもりなのですか」

「黒田さんが北海道に行っておる間に、大蔵卿の佐野さんと相談し、開拓使の改革を急いで行わず、一、二年後に措置を施すほうが得策であるという事にした」

「払下げを中止にするのですか」

「そうじゃ、政府の方針としてはな。佐野さんは三条公にも建白してくれて、事態の収拾に尽力してくれた」

「どの様な建白を」

「『万一軽急の処置あらば、経済上の大害を招くの患あり。況んや公売に出でず、特典を施し、一切の工業物権等を挙げて之を一社に付す。天下の物議を来たし人民の疑惑を醸す亦免れ難きものあり』と。佐野さんは大隈さんの後任の大蔵卿で同郷の人であるから、開拓使問題の事はよく承知じゃ」

「特典を施すとは」

「千四百万円もの巨費を投じたものを三十九万円で、しかも無利息三十ヶ年賦で払下げるというのは、特典と言わずして何という。大隈さんは開拓使官有物を早急に処分するためなら、特典を施し五代さんの関西貿易商会に一括して払下げる事も厭わなかったからな。佐野さんは、黒田さんの心情を察して、まっとうな話をしてくれた」

「まっとうな話とは」

「黒田さんは開拓使事務だけでなく、しばしば他の事務にも関与してくれたと」

「確かに。黒田長官は、東京にあって開拓使長官と参議を兼任されましたから。明治八年のロシアとの千島樺太交換条約締結や明治九年の朝鮮との修好条規締結といった国家的事業に奔走されました。これにより、小樽港を拠点とした北海道の大陸貿易の道が開かれました。また、国内に在っては、明治十年の西南戦争にも。あの時、黒田長官は熊本城を包囲した西郷軍を撃退させる陣頭指揮を執られましたから」

「佐野さんは、黒田さんはそれらのために、開拓の本務を離れてしまい、予定年限内に十分所期を達する事が出来なくなってしまったと。それで、開拓使官有物は公益のために官府に残すものは残し、人民に付与すべきものは公正の方法を以て付与し、明治十六年夏季に廃使置県を行うべきだと三条公に建白してくれた」

「確かに、まっとうなご意見です」

「工場船艦等を売与する事は、政府の内決に留まり、まだ天下に公発していない。今これを変えても人民の信頼を失う事にならないとも、言ってくれた」

「賢明なご意見です」

「佐野さんにとって、大隈さんは郷里の大先輩。大隈さんの身を案じて、『皇室の御為、国家人民の為、また尊公の為』、深く憂慮しているとの書を大隈さんに書き送ったそうだ」

「なるほど、それが、函館騒動の顛末という事ですか」

「顛末は未だじゃ。これからじゃ」

「これから」

「岩橋が今、東京中、駆けずり回っておるのを知っておるか」

「岩橋さんが」

「大隈さんの命で、情勢を探っておる。佐野さんの話では、十月五日早朝に東京に来て、政府要人から大隈排斥の言い分を聞き出し、ご巡幸先の大隈さんに送ったそうじゃ」

「その中身は」

「色々と書いてあったようじゃが、同僚とはからず、国会開設の奏議を左府公に奏上したと、僕の言い分が詳しく書いてあったと」

「伊藤先生は、岩橋さんと会われたのですか」

「もちろんじゃ。『大蔵省決算予算報告に偽があり、四百万円の準備金においては、報告より不足しておる。偽算ありて、何を以て国計を人民に吐露するのかと。しかも国会開設を専唱するとは』と言ってやった」

「他には」

「僕の言い分は、これだけじゃ。『三菱と密着したとか、北海工場払下げの会議に承印せしも反覆す』とかいう事も書いてあったそうじゃが、これは黒田さんの言い分じゃろう」

七　密事

「俊輔、大事に至る事はなかったようじゃな。それで、大隈の方は」

「あの日、僕と西郷従道が夜半過ぎに大隈さん宅を訪れ、閣議の決定と叡慮の在る所を伝達すると、大隈さんは、これまで微力ながら勤めてきたが、何のご用にも立たずと言われ、以後、薩長二藩にて事を専らに致す形が見えるから、十分ご注意あれと」

「そうか」

「太政大臣の三条公より『御巡幸供奉にて帰京相成候に付、明十二日より十五日間の休暇を賜り候』との書簡を送られていたから、察しはついていたようじゃった。『民間の徒と連合し内閣の機密を漏らすとの風説』ありと言うと、潔く辞職に同意してくれた」

「辞職届は」

「十月十二日にリュウマチス再発を理由に辞職願を三条公に提出された。同日、太政官より大隈さんに『依願免本官』との通達が出された。聞多は、何か聞いておらぬか」

「あの事態じゃからな。何も分からぬ。多分、大隈の事じゃ、今頃、どこかで岩倉公と善後策を講じておるのじゃろう」

「こたびの事では、大隈さんも岩倉公に随分、翻弄されたからな」

「そうじゃな。まさに明治十四年の大政変じゃったな」

「先ずは、岩倉公が十月十一日、千住駅行在所で奏聞をされる。ご巡幸中に大隈の謀略によって東京日日新聞の福地源一郎や東京横浜毎日新聞の沼間守一、朝野内外の成島柳北、郵便報知新聞の藤田茂吉、嚶鳴新誌の島田三郎はじめ、京浜の各新聞が筆をそろえて、北海道官有物払下げ問題を攻撃し、これに応じて東京の新富座、井生村楼、大阪今宮の戎座などで、肥塚竜、高梨哲四郎、益田克徳らの民間有志が演説会を開いて、薩長出身政治家の専横を非難していますと」

「岩倉公もなりふり構わなかったな」

「そうじゃな。岩倉公は続けて、北海道の住民総代もぞくぞく上京して、手を分けて各参議に面会し『官有物の払下げは住民に許可してもらいたい。その価値は政府指定の時価にして、利息をつけて年賦償還をする』と陳情しているが、各参議は『払下げはすでに関西貿易会社に決定しているから、考慮の余地なし』と突っ放しています。こうした状態で、京浜及び京阪神地帯にはごうごうたる政府非難の声が起こっています。速かに御前会議を開いて、もう一度払下げについてご考慮を願うと」

「岩倉公は関西貿易商会一括払下げに関して、お上にご再考をと願ったというのじゃな」

「お上は十月十一日の午後、赤坂仮皇居に還幸されると、侍講の元田永孚さんを召し、諸問題を諮詢されたそうじゃ」

「諸問題。先ずは払下げ問題だな。お上のご意向は、関西貿易商会への払下げ。黒田も北海道に出向いてから、お上のご意向に従ったからな。それで、元田さんは、お上に何とお答えされた」

「払下げの事に関しては、お上は事情をよくご承知であらせられたから、特にこれといった事はなかったようじゃ」

「お上は、芝の増上寺の開拓使東京出張所開設時には、足繁く通われておられたからな」

「ご諮詢の事は、主に大隈さんの意見書の事であられたそうじゃ。元田さんは大隈の立憲政体に関する意見書は同僚に謀らない私論で、もしこれを嘉納なされると衆論沸騰し忽ち奇禍が到ると。今日もし、これを斥けられなくとも、大隈には財政において不正行為少なくないとする世評もあり、財政問題に聖鑑を垂れられん事をと」

「お上は」

「弁明されたそうじゃ」

「弁明」

「大隈は口頭で奏上する事を希望したが、自分がそれを許さず、その概略を記述して提出させた。その際、大隈はこれを他の参議に秘密にすることを請うたが、岩倉右大臣がこれを伊藤参議に示したため紛議が起きたもので、この事件はそこまで憂うべき問題ではないと」

「やはり大隈の奏上は、お上の命であられたか」

「そうじゃ」

「あの夜、有栖川宮も弁明されておられたからな」

「有栖川宮は、お上をかばわれておられたという事じゃな」

「還幸奉迎後に、三条公、岩倉公、山県、黒田、西郷従道、山田、俊輔、僕が、供奉された有栖川左大臣と会談した時も、そうじゃった」

「そうじゃったな」

「『大隈は建白の体ではなく、充分見込みもなく只口上を書き取り、参議へは密にて奏聞して呉れよと申し出たものを、右大臣が伊藤に見せ議論となったものだ』と有栖川宮は、おっしゃったからな」

「お上は、ご巡幸前にも元田さんに山県、黒田、山田、聞多、僕、大隈、大木の立憲政体に関する意見書を示され、それに対する所見を奏上するよう命じられたそうじゃ」

「それで元田さんは」

「翌日奏上され、大隈の国会開設の期を布告する議は、急進党を促す弊害があり最も宜しくない。伊藤参議の元老院を更張し、公選検査官を置く議を採用されるようにとお上に進言されたそうじゃ」

「あの夜も、有栖川宮と岩倉公との間に、不穏な空気が漂っておったな」

「岩倉公が反論されたからな。大隈が民権に結びたる事は、宮にもご存知なしと」

「有栖川宮も岩倉公も国会開設それ自体は、異論のないところじゃったがな……」

「国会開設の事は、維新の時からの国是。お上のご意志は固い。じゃから、ご還幸前に、寺島参議を筆頭とした参議連署による立憲政体に関する奏議をしたためておいた。『抑も立憲の政体を創るは、前古未曾有の大局にして、尚且後来万世の鴻業』とし、『憲法を定むるに国体を重んずるは、篤く祖宗の遺業を守る所以なり』と」

「国会開設の期日に関しては、大臣参議の意見は、ばらばらじゃったな。あの夜、岩倉公と山県は七年後の明治二十年を主張し、三条公と薩摩参議は十年後の明治二十三年じゃったな」

「僕と山田さんは、七年後でも十年後でも異議なしとした。大木は三十年後を主張したが、お上は十年後の明治二十三年の開設を内決された」

「黒田は、三十年後、いや百年後でも遅くないと早急な国会開設に反対じゃったな」

「黒田さんは先ず教育を盛んにして、法制を整え、兵力産業を充実して国力を養ってからじゃと。欧米社会を視察した経験から、文明社会に相応しい人や制度がなければ、国会を開設してもその成果が上がるものではないと」

「それにしても、十月十一日の夜の御前会議は難儀じゃったな。立憲政体に関する奏議に続き、大隈罷免の奏議。『大隈免官無之ては政府の御趣旨不相立』との奏議にも、お上は不快を示されたからな」

「そうじゃったな。『薩長参議にて結合して、大隈を退けるの議ならん歟』、『大隈の儀確証ある哉』と」

「それで、岩倉公が申し上げられた。『其の事柄は、福沢門人初め其他より、十分相分り居り候事にて、既に薩長の参議のみならず、平素正義論家も、悉皆其辺は相心得、憤懣仕候事に付、若し薩長の事御疑念被為遊候ては、忽ち内閣も破裂、何分ご許容を』と」

「これに対して有栖川宮は、初めより説を立てられ、動じられなかったな。大隈参議は十四年来大政に参して、功勲あるを俄かに解職さすべきとはと反論された」

「大隈解職については、参議一同、同意しておったのに、山県は席を進め、異を唱えたな。『別に指すべき廉なき維新以来の功臣を解職せしむるは、国家の不祥と』」

「山県は、お上のご機嫌を伺ったのではあるまい。山県は戊辰戦争時から黒田さんとは齟齬をきたしておったが、大隈さんとは馬が合ったからな」

「予算の事では、大隈がいなくては困るのじゃろう」

「岩倉公は、払下げの事をまだ、諦めておられなかったな。お上に、大隈さえ免官なれば、開拓使の事は黒田において異議これなくと申し上げられたのじゃからな」

「大隈、免官さえなれば、開拓使の事は黒田において異議これなくとはな。岩倉公の意図は、どの辺にあったのじゃろうかな」

「黒田さんが岩倉公に迫ったのじゃろう。開拓使問題を使って大隈さんを政府から追放する例の」

「禍い転じて福となす大隈・福沢・岩崎陰謀論の事か」

「岩倉公は大隈さえ免官なれば、黒田は関西貿易商会へ一括払下げになっても異議はないと一応言っておいたのじゃろう。黒田さんは、開拓使所有の船舶等を在道運輸会社に払下げるつもりであったからな」

「お上は黒田に借りが出来たということか。黒田は、お上のご意向に従って、関西貿易商会へ払下げる事を承諾したのだからな」

「それで、我らがお上に、新聞紙などの世論は関西貿易商会への払下げに反対しておりますから、ご再考をと求めれば、官有物の北海社への払下げの道が開けるということじゃったのだろう」

「北海社の事は、岩倉公が黒田に内密にして話を進めたものじゃからな」

「岩倉公は本当は、大隈さえ免官になれば、黒田は北海社に払下げても異議なしと申し上げたかったのじゃろう」

「これにはお上は、『開拓使と大隈の事は別事、大隈免官なれば云々、如何の事か』とおっしゃったからな」

「さすがの岩倉公も、ばつが悪かったのじゃろう。『開拓使云々、思召の通りにて異議なき』とお答えられたからな」

「お上は動じられなかったな。諸参議は大隈参議罷免の事で一決しておいたが、御前会議にては、お上はお認めになられなかった」

「聞多が奏上しても、お聞き届けにならなかったしな」

「致し方なしじゃったな。僕が単独で、大隈参議が内閣不統一を策謀したという理由で弾劾されるよう説得を試みた。お上は英国議会通じゃからな。じゃが、お聞き入れになられなかった」

「最後はお上が大隈さんをとるか、薩長をとるかになったな」

「いや、話の筋は、有栖川宮を奉じる土佐肥前をとるか、薩長をとるかじゃ」

「聞多の奏聞の後、三条公の奏聞にて、漸くお聞済みを大臣・参議列席の所に達せられたからな」

「そうじゃったな。『事情已むを得ずとするも、先ず免官の理由を諭し、然る後ち辞表を提出せしむべし』とのお沙汰じゃったな」

「お上は、開拓使官有物払下げ中止の事と大隈の事を、漸くお含みおき下されたからな。じゃが、大隈罷免の事には耐え難かったのじゃろう」

「辞表提出を命じたのじゃからな」

「その任は、僕が当たるほか、なかったからな。大隈さんと最も深き縁故ある故、その任に当たると発言し、西郷従道さんも同行する事を申し出てくれた」

「従道は台湾出兵時に、大隈に借りがあったからな」

「そうじゃったな。あの時、大隈さんが奔走し、三菱の岩崎に戦時物資を輸送させたんじゃからな。お上は僕と西郷を召されて、ご事情をお話しくださった」

「物騒な事が起きそうじゃったからな」

「本当に」

「奴は、どうした。北海道から来た」

「北海道に戻した。知りすぎたやもしれぬからな」

「今回の事で、真相を知る者は、ほとんどおらぬからな」

「僕の秘書官に、大隈さん周辺の者の動向を探らせておいたが、みな似たようなものじゃった。ただ大蔵大書記官の郷純造だけは、払下げ問題で五代に非難が集中していることを一大珍事だと言ってはいたが」

「どういう意味でじゃ」

「さあ。郷は五代さんに面会し、事の真相を問い合わせてみたようじゃ」

「五代は何と」

「関係はないと」

「まあ、関係あるとは言わないわな。ましてや、大隈に勧められているとはな」

「郷は、開拓使の西村にも事の真相を確かめたとか」

「西村貞陽にか」

「そうじゃ」

「それで、西村は」

「払下げと五代さんとは関係ないと」

「西村も佐賀県人じゃからな、本当の事は、言わぬじゃろう」

「それで郷が、新聞紙上の噂を打ち消してはと話した所、西村は何か云々の次第も有るとかと言って、言葉をにごし、仕舞には大隈公が東京横浜毎日新聞の記事を最初に打ち消しておけば、ここまで大火にならなかったと、言うたそうじゃ」

「東京横浜毎日新聞の記事？　どんな記事じゃった」

「『関西貿易商会の近状』と題する記事の事じゃ。これじゃ。明治十四年七月二十六日の。『関西貿易商会は、先きに五百万円の資金を政府より借用し、大阪に於て一大商会を立てんことを計りたれども、其意を達する能わず。之れに依り、此商会中に重立たる諸氏は、意を専ら北海道に傾け、開拓使と約して北海道の物産を一手に引き受け、凡そ北海道の物産と称する者は、此商会の手を経るにあらざれば、決して北海道外に輸出せしめざるの仕組なり』と書いてある」

「それで、西村は大隈がどの様に打ち消せばよかったと言うのじゃ。大隈にそんな事が出来たなら、苦労はないわな。今年正月の熱海会議で、五代に北海道の事を周旋したのは大隈じゃ。僕も北海道の事で奔走する事もなかったじゃろう」

「大隈さんにはな。他にどんな方法があったろうかな。明治十三年十一月五日の太政官の工場払下げ概則に準拠し、漸次払下げ処分を行うと……」

「そうすれば、俊輔は大騒動もなかったとでも言うのか。工場等の払下げ物件は、赤字の物ばかり。買い手がつかぬ代物」

「そうじゃったな」

「それに、そんな事、黒田が首を縦にするか。あの時の黒田の論は、北海道諸工場その他牧場等の如き、人民自営すべき事業であるが、民力の及ばざるものは、しばらく官設にて人民殖産の道を奨励せしめるとの論じゃった」

「そうじゃったな。それが不可ならば、地理民情に通暁し、併せて従前の計画を知り、その主旨を継続する開拓使吏員に払下げ、当初の目的を遂げさせるじゃったな」

「何れにしても、早急な開拓使官有物の払下げ処分に反対じゃったからな」

「黒田さんが三条公を通じて、開拓使の事を願い出たのが、七月三十日。お上の允許を受け、太政官が『上記の趣特別の詮議を以て聞届云々。但し従来の収税法変革有之候節は此限にあらず』との指令を開拓長官に出したのが、八月一日じゃったな」

「認可が出たのは、収税品取扱方の儀じゃったな。お上のご不信を招いたのは、工場等官有物の払下げの件じゃったな」

「そうじゃったな。黒田さんが三条公に払下げを願い出た際、離職吏員の事を考えて、『各員皆従来官途に在るの身にして、資本を備うる能はず。仰ぎ願くは、別記の方法に拠て某等へ工場払下の許可あらんこと』をと願い出たからな」

「三条公は北海道にご巡見されて、当地の事情もよくご存じであられたから、黒田は内々に話をして、承諾してもらっていたからな」

「その件に関する太政官の返答は、『官舎船艦諸工場等払下の儀は更に詳細書を認め申出べし』じゃったな」

「黒田は、お上の北海道ご巡幸出発直後に大隈の巻き返しの動きを察知したのじゃろうな。憤激した黒田が、三条公に脅迫まがいの事をして、払下げを迫ったのじゃな」

「そうじゃったな。この件があって、話がおかしくなったのじゃな。福地も困惑じゃ」

「福地も困惑？　俊輔、どういう事じゃ」

「これじゃ。八月五日の東京日日新聞じゃ。『此ごろ世間に騒がしき某会社設立の義に付ては貴紳の方々も一方ならず尽力せられ、殊に其社員は日々の如く集会して種々相談を遂げ、粗其手順も成りたれば、此上は兼て差出せし願書の一日も早く指令あらんことをと、其主任なる某貴顕の許へも屡々立入り、頻に願ひ奉りたれども何分捗々しからぬにぞ、一同は歯痒く思い、其とはなしに去月廿九日さる貴紳方を紅葉館に招待し折を見て彼の主任貴顕を別席に請ひ指令の如何を問いたるに、貴顕は首肯て、其義は拙者充分に呑込み居れば、明日頃は必らず共に許可の指令すべき旨を容易げに述られたれば、社員は大に喜びて　翌日人を其邸に遣わし猶その模様を問たるに、本日は御巡幸御用にて繁忙なれば、明後一日まで待れよとのことに、據ろなく立帰りしが、元々其貴顕は供奉の一人にて、一日には早や出立せられしかば、皆々の失望謂ん方なく、取敢ず或る書記官の許に至り、内々様子を問ひ試みたるに、書記官は笑いながら是れ見たまえと差出されし書面を見れば、某々会社の儀は追て何分の指令に及ぶべき事との文意なるにぞ、吃驚仰天青くなって馳帰り、右の趣を一同に通じたれば、手に持し牡丹餅を鳶に攫われたる気色にて其失望大方ならず、何れも口を明た計り、中にはガッかりして気抜の如くに為りし者もありと云う』」

「これでは黒田の記事と、とられかねないな」

「黒田さんは、福地を名誉棄損で訴えると言っていた」

「読む者が読めば、分からなくもないが」

「問題は、某貴顕じゃな。世間は、この某主任貴顕を黒田さんと信じて疑わなかったからな」

「其社員とは、関西貿易商会社員じゃな」

「或る書記官とは、開拓使吏員の事じゃな」

「我らが読んだら、某貴顕は大隈に間違いないのじゃがな。福地も某貴顕などと、もったいぶらずに、大隈参議と書いておればな」

「そうじゃな。八月五日の朝野新聞には、製造所等の処分は伺いの上処分するものと開拓長官独決で払下げを許すものがあったと洩れ聞いたと書いてあった」

「新聞紙には、そこまで書いてあったのか」

「聞多、これはどうじゃ」

「八月九日の東京曙新聞か」

「見ておらぬのか。『北海道官有物払下げに絡まる怪聞』と題して、大隈さんの構想が書いてある」

「どれどれ。『今や北海道を貿易商会に委託せんと欲するは独り其商会を利せんとするに非ず、政府も亦之れに依りて理財一部を救済するを得るの方案たるが故に、他より払下げを願い出るものあるも之を許さず、亦た入札払いの法にも由らず、挙て之を該会社へ委ねんと欲するにあるなり。其方法を略言すれば、該会社は全く現時の国立銀行の規制によりて創立するものにして、政府の紙幣一千万円を償却し、之に対して六朱の利付公債を受取り、更に八百万円紙幣を発行し、之を流用して北海道開拓の費用に供さんとするものなり』」

「郷純造は知っておったのじゃろう、払下げの内情を。この前も、松方正義さんと一緒に来て、財政を再建してみせると豪語していた」

「小野梓などは、どうじゃった」

「僕と大隈さんの間を裂かんとする悪漢がおるから、この際、伊藤参議の払下げ中止の処置に従った方が得策であると大隈さんに諫言していたそうじゃ」

「そうか」

「小野梓も初めは、犬養や尾崎といった若輩吏員同様、盛んに払下げ中止、薩長藩閥政治の打破を云々していたようじゃが、小野梓は会計検査院の者。院長の山口尚芳さんの話では、小野梓は払下げの真相を知って、方向転換したようだ。会計検査院より検査官の連署して払下げの非なるを公議内決し、聖上還御の六、七日前を期し内閣へ呈書すれば、大隈参議がお上に申し上げた払下げの説明だけでなく、大隈参議の面目も失われずともよくなると、大隈さんに策を書き送ったそうだ」

「そうか。会計検査院より、開拓使官有物の払下げ価格は、資産価値に見合わないもので、内閣に払下げの非なる事との報告があれば、お上も大隈も面子を失わぬ事になるからな。これが真相といえば、真相じゃが、やはり本当の意味で、こたびの事を知っておるのは、岩橋轍輔じゃな。俊輔の所にも来たのか、岩橋は」

「来た。愚痴をこぼしておった。『北海工場云云』するは天下の世論に塞がれ、今さら弁解するのも手遅れじゃと。大隈さんには、ご巡幸中の一夜にでも、お上に将来の我が国のあり方を縷々懇々と奏上して欲しいと言っていたのにと」

「岩橋は岩倉公の使いじゃったな」

「岩倉公は、最後まで強気であったな」

「岩橋は大隈を使って、お上のご承諾を取り付けてみせると」

「どの様にして」

「大隈からお上の北海工場払下げのご誓約を取り付け、もし聖慮ご動揺の際には、大隈に辞職を願い出るよう申し述べて来たと」

「そういう話もあったのか。大隈さんも岩倉公に翻弄されたということか」

「岩橋とは、長い付き合いになったな」

「そうじゃな」

「あれは、いろは丸事件の時じゃったな」

「そうじゃ。紀州藩の勘定奉行付として長崎に談判に来た」

「龍馬も海賊まがいな事をしたからな。紀州藩の事なれば、あれは陸奥の入れ知恵か」

「青二才には、あのような手荒な事は出来まい。やはり勝海舟の筋書きじゃろう。いろは丸の海援隊乗員が紀州の明光丸に乗り移ってから、明光丸がいろは丸にぶつかって行って沈没させたのじゃからな」

「沈没させねば、莫大な賠償金はとれぬからな」

「慶応三年の土佐藩と徳川御三家の紀州藩の長崎での談判時には、長州藩は四境戦争で幕府軍に勝利しておったから、町には薩長同盟の噂がしきりじゃったからな」

「土佐藩も薩長に与しておるとの噂があったから、談判に土佐藩家老の後藤象二郎が出てきてからは、紀州藩も賠償金を出さざるをえなくなった」

「そうじゃったな。紀州藩は薩摩の五代さんの調停にすがるしか手はなくなったからな。紀州藩も藩内で兵制改革や海軍の話をする者たちを疎んでおったから、話をご和算にするのに、よい口実ができた。勝海舟の目論み通り、紀州藩も渡りに舟じゃった」

「紀州藩は勘定奉行茂田一次郎に代わり、禁錮となっていた岩橋轍輔に交渉役をさせることになったのじゃからな」

「岩橋は長崎に赴き、償金を減額させ、名をあげるも、その後、保守的な藩政に異を唱えたから、また禁錮になったんじゃったな」

「そうじゃったな」

「いろは丸事件の時も、岩橋轍輔は五代さん頼みじゃったな」

「それにしても黒田の豹変はな。万が一の時の事を考えておったのじゃろう」

「そうじゃろうな。黒田さんが全ての非難の矢面に立つとの」

「黒田は、死を覚悟しておったからな。西洋文明国といえども、顕職に在るものは常に人民とその説を異にし、弾丸に遭う者もある。苟も陸軍中将兼参議の職にあるからは、死は少しも恐れないと」

「岩橋は大隈さんに黒田さんの決意を報告したというからな。すでに北海道屯田兵司令官の永山武四郎に、屯田兵中、壮勇敢死の士、十名を抜撰し出京するよう命じたと」

「大隈にその覚悟があったやら。黒田の爪の垢でも煎じて飲ませてやりたいものじゃ。お上が大隈の口車に乗って関西貿易商会への払下げのご裁可を下されておったならば、どうなっていた事か」

「山田さんも苦慮していた。八月下旬に近衛都督の東伏見宮嘉彰親王が、ご巡幸先の有栖川宮の所に、開拓使官有物払下げ問題に関して、他日一大国難の発せんも測り難しとの憂慮の念を伝えて来られたというのだからな」

「陸軍の中には、今般の事件をお取消しのご尽力なくば、天下の名望を失し、ご威徳も今日限りと深く憂慮するとの勢力があったからな。参謀長の土屋可成が、その急先鋒じゃったそうだ」

「竹橋事件の二の舞になるところじゃったな」

「そうじゃな。あれは、僕が明治十一年七月に英国から帰国して、一ヶ月経つか経たないかじゃった。大隈邸には銃砲が乱射され、自宅に火を放たれた大隈は、小川を渡り岩倉邸に逃げ込み難を逃れた」

「大隈さんは翌日、御前で宣告文を戦き読むことも出来なかったからな」

「竹橋事件の時も、お上は王政復古の事では薩長肥土に数多の尽力があり、これまで四藩に一歩譲歩してきたが、民衆の疾苦に換え難いと、衆参議の措置を勘考されたという噂が流されたからな」

「竹橋事件後には、『苛政に苦しむにより、暴臣を殺し、良政に復したく、それにはしかるべき大将もこれあり』との近衛兵の供述があったからな」

「俊輔、西郷従道を生け捕りにするとの計画もあったそうじゃからな」

「封建の世を終わらせて、まだ十年。文明を根付かせるには、時間がかかる。何時になったら、日本もイギリスのような政党政治が出来るのじゃろうかな」

「竹橋事件後、軍人訓戒を出し、軍人の政治活動を禁止したが、この種の騒動は絶えぬじゃろうな」

「こたびも、御前会議の翌日の十二日から東京鎮台は出動態勢。警視総監は自ら警部巡査を引率して、東京市内を警戒したからな」

「昨年の夏じゃったか、東京鎮台歩兵第一連隊の兵隊が、赤坂仮皇居の御門前で割腹する事件があったな」

「片岡健吉・河野広中が太政官に国会開設の允許を求めて上願書を提出せんとするも、門前払い。それを新聞で読み、憤激し割腹したんじゃったな」

「岩倉公は、自由民権運動の動向に憂慮されておられたな」

「奸臣と見なされておったからな。明治七年一月、喰違坂で起きた岩倉公襲撃事件の下手人は、以前、岩倉公に与して征韓論を唱えた土佐人じゃったしな」

「維新時、岩倉公と木戸さんは、征韓論の急先鋒であったからな。鳥羽伏見の戦いに勝利し、軍を関東に進めるも、新政府は烏合の衆。政府内部では、薩摩と長州が反目し、土佐と肥前も対立していた。木戸さんは、奥羽平定の機会に乗じ、韓国に使節を派遣して、その無礼を問い、万一、かの国が謝罪しなければ問罪の軍を派して、わが国威を中外に示すべきであると言っていたからな」

「岩倉公も木戸さんの論に乗り、木戸さんを渡韓させる事になっていたのじゃからな。その岩倉公が岩倉使節団帰朝後、西郷の訪韓に反対したからな」

「岩倉公も大変じゃった。幕末の攘夷論盛んな朝廷にあって、我が国を文明開化の世に導かれたのも、岩倉公のご尽力あっての事だ。文久年間の攘夷論盛んな時に、岩倉公は幕府の開国派と提携し、公武合体論の事を唱えたから、朝廷の攘夷派の攻撃を受け、岩倉村に幽閉の身となられたのだからな」

「木戸さんも、明治二年に大村益次郎さんが京都で団伸二郎・神代直人に襲われ亡くなられた事に衝撃を受けられ、山口での奇兵隊脱退騒動の事から東京に戻られると、大村さんの策に方針を転換されたからな」

「朝鮮も西洋文明を受け入れ、自主独立の国になってもらわねばな。僕も明治九年二月、黒田が全権大使となって、日朝修好条規を締結し、日朝間で自由貿易を行うことで話をまとめてきたが、朝鮮には一刻も早く、近代的な国軍を持ってもらわねばな。ロシアに国を奪われかねぬからな」

「臣籍降下の方も心配じゃな。三条公は皇族費がかさめば、皇室の尊厳もそこなうと臣籍降下を強く訴えられておられる」

「十年前、山階宮晃親王様が、臣籍降下の事を願い出られた時、お上は、晃親王様のお申し出をお認めにならなかったな」

「ご信頼されておられるからな。なにしろ、山階宮晃親王様はあの幕末の尊皇攘夷盛んな京都にあって、佐久間象山と諮り、開国の策を先帝に授けられんとされたお方じゃからな」

「佐久間象山が斬られたのも、晃親王様のお家からの帰りの事じゃったなあ。晃親王様のご聡明なる事、開国派有志の皆の知るところじゃった」

「明治二年、晃親王様は、お上に憲法を制定されるようにと進言されたからな。晃親王様が臣籍降下となり、申し出の通りに帰農などという事になれば、お上にはご信頼をおかれるお方が、おられなくなるからな」

「そうじゃったな。相変わらず華族の授産事業は、上手くいっておらぬな」

「旧幕府時代にては、宮門跡制度があったから、寺院のお務めという策もあったが、新政府は宮門跡制度を廃したからな」

「東伏見宮嘉彰親王がおっしゃるように、ヨーロッパの君主国に倣って、皇族の方は率先して軍務に就くしかないのじゃろうかな」

「太政官布告では、幕末維新期に創設された新宮家は一代宮家となる筈じゃったが、東伏見宮嘉彰親王は、さすがに一代宮というわけにはいかなかったからな」

「宮は今年二月、永世皇族になられたな」

「嘉彰宮は鳥羽伏見の戦いに征東大将軍となられ、その後、会津征討越後口総督。佐賀の乱では征討総督じゃからな」

「北白川宮は能久親王が継ぐことになられたが、能久親王は幕末に日光輪王寺の門跡となり、戊辰戦争では幕府軍にかつがれ、朝敵となられ奥州各地を転々とされた方じゃからな」

「宮中の改革も進めねばな」

「そうじゃな」

「まあ、開拓使官有物払下げなど、この種の話は、飛躍するものじゃからな。事情に疎い宮中の方なら、いざ知らず、侍講の副島もじゃ。副島の事を知っておるか」

「副島のなんじゃ」

「ご巡幸先の有栖川宮と大隈に書簡を送り、お上が下された開拓使官有物払下げ中止ご命令に対し留守政府の有司がこれを拒み、黒田などは自分の主張が容れられなければ、陛下を脅し、聖詔を強いるつもりであるとお伝えしたそうじゃ」

「誰からその話を聞いた」

「佐佐木高行の筋の者じゃ。副島の計画では、近衛都督の嘉彰親王、土屋参謀長、樺山、鳥尾、谷、佐佐木などが、宮中に一座を設け、お上を説得するというのだ。今や薩長肥の参議に重職を託すことが出来ないと」

「佐佐木は土佐人じゃが、この話はご免被るところじゃないのか」

「そうじゃな。副島は議事院を開設し、板垣を陸軍大将兼陸軍卿に就任させるという腹じゃったとか」

「板垣も、与せんじゃろう」

「山田さんの話では、鳥尾小弥太中将、三浦梧楼中将、谷千城中将、曽我祐準少将が連名で、政体の匡正としての立法権の確立、国憲創立議会開設、開拓使官有物払下げ再議の三事を有栖川左大臣に上奏したというのだ。ご巡幸中じゃから、帰還を待って上奏するとの意見もあったそうじゃが、谷千城が機を失しては他に制されると、上奏したそうじゃ」

「すべてが、有栖川宮次第という事になったからな。十月十一日の晩の御前会議では、山田さんと山県さんが、『宮も大隈同腹』かと迫ったからな」

「宮は不快な顔をされておられたな」

「大隈側近の矢野文雄が、ご巡幸先へ到り、左府公からお上に薩長参議免職辞令書を東京へ送達する策を促したという話もあったようじゃ」

「小野梓の義兄の小野義真もじゃ。ご巡幸先の有栖川宮に会うため日光から仙台へ向かったという話じゃ。ご発輦当日、千住にて三条太政大臣に脅迫まがいの伺を立てた例の黒田さんの腕力論の事を伝えるために」

「岩倉公も困惑されておるじゃろう。此度の事件で、誰が味方で、誰が敵であるのか、分からなくなったからな。小野義真などは、明治四年に、工部省の山尾庸三の推薦で大蔵省に出仕し、大阪港の築港や淀川の改修事業に尽力してくれた」

「それから大蔵省を離れ、同郷の岩崎弥太郎の顧問をやっていたが、今年二月に、岩倉公の勧誘で日本鉄道会社設立主任になっていたのじゃからな。明治十年の西郷挙兵の際には、林有造の命で岩崎弥太郎に、三菱社の金と船を利用せば、大事成らんと説いたんじゃったな」

「まあ、何れにしても大事に至らずによかった。それより、俊輔、憲法調査の方は、どうする。ドイツへは、誰を連れて行く」

「西園寺公望に平田東助を連れて行くつもりじゃ。小野梓も連れて行きたいところじゃが、土佐のいごっそう、頑固者じゃからな」

「宮仕えはご免蒙るようじゃな。在野に出て官に対抗するようじゃ」

「惜しい人材じゃが、あの様な者が、在野に沢山おれば、日本も安泰じゃ。井上毅より遙かに見識、知識はまさっておる。毅に頼山陽を読ませても分からぬじゃろう。小野梓ならば、分かるはずじゃ」

「やはり井上毅は、見合わせるのか。何故に」

「僕に考えがあるのじゃ。もう憲法の構想は、出来ておる。明治三年のアメリカ貨幣制度視察調査時に、アメリカの政治制度も研究したが、その時、手に入れた『ザ・フェデラリスト』があり、こたびの交詢社の『私擬憲法案』も大いに参考になった」

（完）

参考文献

北海道開拓史

北海道総務部行政資料室編『北海道開拓功労者関係資料集録』上巻、1971年
北海道編『新北海道史』第三巻通説二、北海道、1971年
大蔵省編『開拓使事業報告』第四編、北海道出版企画センター、1984年
『明治十三年開拓使公文録』北海道立文書館所蔵
馬場宏明『大志の系譜―一高と札幌農学校』北泉社、1998年
北海道大学編著『北大百年史』札幌農学校史料1、ぎょうせい、1981年
馬見州一『鹿児島と北海道』春苑堂出版、1997年（かごしま文庫39）
札幌放送局編『北海道郷土史研究』札幌放送局、1932年
奥山亮『早山清太郎伝』北海道地方史研究会、1964年
阿部和巳『開拓使官有物拂下顛末』[写]1916年、北海道大学図書館所蔵
余市郷土研究会編『余市移住旧会津藩士の足跡』余市文化団体連絡協議会、1994年

山本悠三『北の大地を拓く：石川家臣団北海道開拓史』角田市教育委員会、1988年（角田市の文化財 第15集）
日本国有鉄道北海道総局編『北海道鉄道百年史』上巻、日本国有鉄道北海道総局、1976年
「石狩最初の役所　藩閥政治と井上弥吉」「石狩弁天社　石狩川の主サメ様とお祭り」石狩市編『石狩百話』石狩市、1996年
中河原喬『近世北海道行刑史』同成社、1988年
近江幸雄『函館人物誌』高杉印刷、1992年

北海道市町村史

共和町史編さん委員会編『共和町史』共和町、1972年
共和町史編さん委員会編『新共和町史』共和町、2007年
佐藤彌十郎編『岩内町史』岩内町、1966年
札幌市『手稲町誌』上、札幌市、1968年
川端義平編『仁木町史』仁木町、1968年
札幌市史編集委員会編『札幌市史』札幌市、1953-1958年

札幌市教育委員会編『新札幌市史』第1巻：通史1（札幌の誕生）、北海道新聞社、1986年
札幌区役所編『札幌區史』名著出版、1973年
北海道編『新北海道史』第3巻 通説2、北海道、1971年
札幌村郷土記念館、札幌市東区総務部総務課編『東区拓殖史：東区今昔3』札幌市東区、1983年
小樽市『小樽市史』第1巻、小樽市、1958年
渡辺茂編『根室市史』上巻、根室市、1968年
室蘭市役所編『室蘭市史』上巻、室蘭市役所、1941年
三笠市史編さん委員会編『三笠市史』第4版、三笠市、2014年
石狩町『石狩町誌』中巻　石狩町、1985年
旭川市編『旭川市史稿』上巻　旭川市、1931年
久保隆義編『拓北百年史 一八八〇－一九八〇』篠路拓北土地改良区、1980年
函館市史編さん室編『函館市史』史料編 第1巻─年表編、函館市、1974－2007年
「開拓使官有物払下事件と市民運動」『函館市史』（通説編第2巻第4編）

「西村貞陽の清国視察」『函館市史』（通説編第2巻第4編）
「勧商局と広業商会」『函館市史』（通説編第2巻第4編）
「解説」函館市史編さん室『函館区会関係資料件名目録』1988年

人物

伊藤博文

春畝公追頌会編『伊藤博文傳』上巻、中巻、下巻、再版、統正社、1942年
平塚篤編『伊藤博文秘録』春秋社、1929年
伊藤博文関係文書研究会編『伊藤博文関係文書』三、塙書房、1975年
伊藤博文関係文書研究会編『伊藤博文関係文書』四、塙書房、1976年
伊藤博文関係文書研究会編『伊藤博文関係文書』五、塙書房、1977年
伊藤博文関係文書研究会編『伊藤博文関係文書』八、塙書房、1980年
國家學會『明治憲政經濟史論』有斐閣書房、1974年

井上馨

井上馨侯伝記編纂会編『世外井上公伝』第1巻‐第5巻、原書房、1968年（明治百年史叢書55‐59）

犬塚孝明『密航留学生たちの明治維新：井上馨と幕末藩士』日本放送出版協会、2001年（NHKブックス921）

久木獨石馬『人物評論 政界縦横記』大日本雄辯會、1926年

「明治十四年八月六日付井上馨宛伊藤博文書簡」『井上馨関係文書』国立国会図書館憲政資料室所蔵

大久保利通

勝田孫弥『大久保利通伝』下巻、同文館、1911年

安藤哲『大久保利通と民業奨励』御茶の水書房、1999年

大久保利通「政体ニ関スル意見書」伊藤博文編『秘書類纂　雑纂』其1、秘書類纂刊行会、1936年

西郷隆盛

大西郷全集刊行会編『大西郷全集』第1巻、第2巻、第3巻、大西郷全集刊行会、1926－1927年

西郷隆盛著、西郷隆盛全集編集委員会編纂『西郷隆盛全集』第1巻－第6巻、大和書房、1976－1980年

日本史籍協会編『西郷隆盛文書』東京大学出版会、1967年（日本史籍協會叢書102）

木戸孝允

妻木忠太編『木戸松菊略傳』妻木忠太、1926年

木戸松菊著、廣戸正蔵編纂『維新史蹟但馬出石に隠れたる木戸松菊公遺芳集』兵庫県出石郡教育会、1932年

渡邊修二郎編著『木戸孝允言行録』内外出版協会、1912年（偉人研究 第71編）

妻木忠太編『木戸孝允日記』第3、早川良吉、1932－1933年

宮永孝『白い崖の国をたずねて―岩倉使節団の旅　木戸孝允のみたイギリス』集英社、1997年

大阪毎日新聞社京都支局編『維新の史蹟』星野書店、1939年
高須芳次郎『国史精華読本』大阪屋号書店、1941年
田中光顕『維新風雲回顧録』大日本雄辯會講談社、1928年
牧野謙次郎『維新伝疑史話』牧野巽、1938年
加藤弘之「余が侍読に召されし頃」『太陽』1912年9月号

大隈重信

姜範錫『明治14年の政変：大隈重信一派が挑んだもの』朝日新聞出版、1991年（朝日選書 435）
大隈重信述、相馬由也筆録『早稲田清話：大隈老侯座談集』冬夏社、1922年
日本史籍協会編『大隈重信關係文書』1－6、東京大学出版会、1970年（日本史籍協會叢書 38－43）
早稲田大学大学史編集所編『大隈侯昔日譚』早稲田大学出版部、1969年
大隈侯八十五年史編纂会編『大隈侯八十五年史』大隈侯八十五年史編纂会、1926年
五百旗頭薫『大隈重信と政党政治』東京大学出版会、2003年

渡邊幾治郎『文書より観たる大隈重信侯』故大隈侯國民敬慕会、1932年

黒田清隆

井黒弥太郎『追跡　黒田清隆夫人の死』北海道新聞社、1986年
逢坂信忢『黒田清隆とホーレス・ケプロン』北海タイムス社、1962年
高橋立吉（淡水）『健児社：青年団結』磯部甲陽堂、1910年
「開拓使廃止反対意見書案」『黒田清隆関係文書』北海道立文書館所蔵
「意見書　太政大臣三条実美宛（明治十五年五月二十六日）」『黒田清隆関係文書』北海道立文書館所蔵
「国会開設尚早・農商務省創設に関する上書案（明治十三年二月　黒田清隆　太政大臣三条実美殿右大臣岩倉具視殿）」『黒田清隆関係文書』北海道立文書館所蔵
「指令書　大書記官調所広丈・時任為基権大書記官折田平内・鈴木大亮宛黒田清隆（明治十三年八月七日）『黒田清隆関係文書』北海道立文書館所蔵

寺島宗則

寺島宗則研究会編『寺島宗則関係資料集』下巻、示人社、1987年

山県有朋

徳富猪一郎編述『公爵山縣有朋傳』中巻、山縣有朋公記念事業會、1933年

佐佐木高行

東京大学史料編纂所『保古飛呂比　五　佐佐木高行日記』東京大学出版会、1974年

東京大学史料編纂所『保古飛呂比　十　佐佐木高行目記』東京大学出版会、1978年

榎本武揚

井黒弥太郎『榎本武揚』新人物往来社、1975年

加茂儀一編集・解説『榎本武揚：資料』新人物往来社、1969年

榎本武揚原著、田辺安一翻刻『榎本開拓使中判官報告書』田辺安一、1994年、北海道大学図書館所蔵

大鳥圭介

山崎有信『大鳥圭介傳』北文館、１９１５年

福本龍『明治五年・六年　大鳥圭介の英・米産業視察日記』国書刊行会、２００７年

小栗忠順

蜷川新『維新前後の政争と小栗上野介の死』、『続維新前後の政争と小栗上野』、日本書院、１９２８年、１９３１年（２０１４年１月マツノ書店合本復刻）

福沢諭吉

慶応義塾編『福沢諭吉全集』第十七巻、岩波書店、１９６１年

慶応義塾編『福沢諭吉全集』第十九巻、岩波書店、１９６２年

福沢諭吉『明治十年丁丑公論・瘠我慢の説』講談社、１９８５年

福沢諭吉著、富田正文校訂『福翁自伝』岩波書店、１９７８年（岩波文庫）

富田正文編『福沢諭吉選集』第五巻、岩波書店、１９８１年

日本経営史研究所編『中上川彦次郎伝記資料』東洋経済新報社、１９６９年

福沢諭吉著、小泉信三編『福沢諭吉の人と書翰』慶友社、１９４８年

五代友厚

五代龍作編『五代友厚傳』五代龍作、１９３３年
小寺正三『五代友厚』新人物往来社、１９７３年
宮本又次『五代友厚伝』有斐閣、１９８１年
五代友厚七十五周年追悼記念刊行会編『五代友厚秘史』五代友厚七十五周年追悼記念刊行会、１９６０年
日本経営史研究所編『五代友厚伝記資料』第一巻、東洋経済新報社、１９７１年
日本経営史研究所編『五代友厚伝記資料』第三巻、東洋経済新報社、１９７２年
日本経営史研究所編『五代友厚伝記資料』第四巻、東洋経済新報社、１９７４年
「関西貿易社営業前途之見込議案」『五代友厚関係文書』国立国会図書館憲政資料室所蔵

岩崎弥太郎

岩崎家伝記刊行会編『岩崎弥太郎伝（上）』岩崎家伝記一、東京大学出版会、１９７９年
岩崎家伝記刊行会編『岩崎弥太郎伝（下）』岩崎家伝記二、東京大学出版会、１９７

9年
海事産業研究所編『近代日本海事年表』東洋経済新報社、1991年
三菱商事株式会社編『三菱商事社史』上巻、三菱商事、1986年
三菱創業百年記念事業委員会『三菱の百年』三菱創業百年記念事業委員会、1970年

渋沢栄一

土屋喬雄『渋沢栄一』新装版、吉川弘文館、1989年（人物叢書 197）
渋沢青淵記念財団竜門社編纂『澁澤榮一傳記資料』渋沢栄一伝記資料刊行会、1955－1971年
竜門社編纂『澁澤榮一傳記資料』岩波書店、1944年

明治天皇

宮内庁編『明治天皇紀』第一、吉川弘文館、1968年
宮内庁編『明治天皇紀』第三、吉川弘文館、1969年
宮内庁編『明治天皇紀』第四、吉川弘文館、1970年

宮内庁編『明治天皇紀』第五、吉川弘文館、1971年
渡邊幾治郎『明治天皇と立憲政治』学而書院、1935年
津田茂麿『明治聖上と臣高行』白笑会、1928年
西郷従徳謹述『明治天皇と北海道』明治天皇聖蹟保存會、1936年
北海道廳編『明治天皇御巡幸記』北海道廳、1930年

岩倉具視

多田好問編『岩倉公實記』下、原書房、1968年（明治百年史叢書第68号）
日本史籍協會編『岩倉具視關係文書』一、東京大學出版會、1968年
日本史籍協會編『岩倉具視關係文書』七、東京大學出版會、1969年
徳富猪一郎『岩倉具視公』民友社、1932年
「岩倉公献替録（一～九）」『時事新報』1916・4・5－1916・4・16、神戸大学経済経営研究所新聞記事文庫所蔵

三条実美

開拓使編『大臣参議巡見日誌：明治九年』北海道大学図書館所蔵（北海道道庁より借

写）

山階宮晃親王

山階会編『山階宮三代』上、下、山階会、1982年

学習院大学史料館編『近代皇族の記憶：山階宮家三代：写真集』吉川弘文館、2008年

西園寺公望

立命館大学編『西園寺公望傳』第1巻-別巻2、岩波書店、1990-1997年

安藤徳器『園公秘話』育生社、1938年

中江兆民

中江篤介著、松本三之介ほか編『中江兆民全集』1巻-別巻、第2刷、岩波書店、2000-2001年

小野梓
早稲田大学大学史編集所編『小野梓全集』第五巻、早稲田大学出版部、1982年
西村真次『小野梓傳』冨山房、1935年

島義勇
榎本洋介『島義勇』佐賀県立佐賀城本丸歴史館、2011年（佐賀偉人伝05）
太田毅執筆・編集『烈士島義勇』島義勇顕彰会、1999年

渡辺洪基
文殊谷康之『渡邉洪基伝：明治国家のプランナー』幻冬舎ルネッサンス、2006年
「従三位勲二等渡辺洪基叙勲ノ件」（国立公文書館所蔵『叙勲裁可書・明治三十四年・叙勲巻一』アジア歴史資料センター所蔵

原敬
前田蓮山『原敬』時事通信社、1958年（三代宰相列伝）

岩橋轍輔

津田権平「岩橋轍輔君小伝」『明治立志編：一名・民間栄名伝』兎屋誠、1880－1881年
「北海道開進会社創立起源ヲ叙ス」『北海道開進会社関連資料』北海道立文書館所蔵
「士族少年ヲ北海道ニ移スノ議」『北海道開進会社関係資料』北海道立文書館所蔵
宮崎了「宮崎簡亮と北海道開進会社」『土佐史談』第191号、土佐史談会、1993年
『宮崎簡亮関係文書』北海道立文書館所蔵

ホーレス・ケプロン

ホーレス・ケプロン著、西島照男訳『蝦夷と江戸：ケプロン日誌』北海道新聞社、1985年
谷郁一佐『奎普龍将軍』山口惣吉、1937年
嶋田正〔ほか〕編『ザ・ヤトイ：お雇い外国人の総合的研究』思文閣出版、1987年
富士田金輔『ケプロンの教えと現術生徒：北海道農業の近代化をめざして』北海道出

版企画センター、2006年

ベンジャミン・ライマン

桑田権平『來曼先生小傳』三省堂（印刷）、1937年

山内徳三郎著、今津健治校訂『ベンジャミン・スミス・ライマン氏小伝』今津健治、1978年

エドウィン・ダン

赤木駿介『日本競馬を創った男：エドウィン・ダンの生涯』集英社、1998年（集英社文庫）

その他

中島義生編『中島三郎助文書』本体附冊、中島義生、1996年

島津斉彬『島津斉彬言行録』岩波書店、1944年（岩波文庫）

東久世通禧著、霞会館華族資料調査委員会編『東久世通禧日記』下巻、霞会館、1993年

有栖川宮熾仁『熾仁親王日記』巻三、高松宮家、1936年
伊左秀雄『尾崎行雄傳』尾崎行雄傳刊行會、1951年
鵜崎熊吉『犬養毅傳』誠文堂、1932年
益田孝『益田孝雑話』糧友会、1938年
平尾道雄『子爵谷千城傳』冨山房、1935年
中野悟一著、田村貞雄校注『初代山口県令 中野梧一日記』マツノ書店、1995年
円地与四松『グラッドストン傳』改造社、1934年（偉人傳全集第3巻）
松村昌家『幕末維新使節団のイギリス往還記：ヴィクトリアン・インパクト』柏書房、2008年
犬塚孝明『アレキサンダー・ウィリアム・ウィリアムソン伝：ヴィクトリア朝英国化学者と近代日本』海鳥社、2015年
森川潤『井上毅のドイツ化構想』雄松堂出版、2003年（広島修道大学学術選書19）
浅見雅男『皇族誕生』角川グループパブリッシング、2008年
田保橋潔『近代日鮮関係の研究』上巻、朝鮮総督府中枢院、1940年
伊牟田比呂多『征韓論政変の謎』海鳥社、2004年

高須芳次郎『維新留魂録』大阪屋号書店、1942年
議会政治社編輯部編『日本憲政基礎史料』議会政治社、1939年
鹿野政直編『新思想の胎動』筑摩書房、1969年（現代日本記録全集 第5）
日本大学史編纂室編『山田伯爵家文書』第二巻、新人物往来社、1991年
高橋恭一『浦賀奉行史』名著出版、1974年
交詢社『交詢社百年史』交詢社、1983年
山室信一『法制官僚の時代』木鐸社、1984年
鈴木安蔵『明治維新政治史』中央公論社、1942年
勝田政治『内務省と明治国家形成』吉川弘文館、2002年
藤井新一『帝国憲法と金子伯』大日本雄辯會講談社、1942年
稲田正次『明治憲法成立史』上巻、有斐閣、1960年
室山義正『近代日本の軍事と財政：海軍拡張をめぐる政策形成過程』東京大学出版会、1984年
竹橋事件百周年記念出版編集委員会編『竹橋事件の兵士たち』現代史出版会、1979年
「一等警視宮内盛高上陳書」『樺山資紀関係文書』国立国会図書館憲政資料室所蔵

佐波亘編『植村正久と其の時代』第二巻、教文館、１９６６年

論文

伊地知明「開拓使廃止問題の周辺：明治6、7年における」『安田学園研究紀要』第6号、１９６３年4月
紺野哲也「開拓使官有物払下げ事件と函館」函館市史編さん事務局編『続函館市史資料集』第8号、１９８４年3月
木曽朗生「明治国家の課題と明治憲法—伊藤博文の憲法構想—」『法学政治学論究』第4号、１９９０年3月
間宮国夫「明治初期における直輸出会社の設立と展開　函館広業商会について」『社会科学討究』第9巻第2号、１９６４年3月
永井秀夫「函館地方の自由民権運動」函館市史編さん事務局『地域史研究はこだて』第3号、１９８６年3月
宮地英敏「北海道開拓使官有物払下げ事件についての再検討—誰が情報をリークしたのか」九州大学経済学会『經濟學研究』80、２０１４年3月

落合弘樹「明治前期の陸軍下士と自由民権運動」『人文學報』74、1994年3月
吉井蒼生夫「小野梓の法思想」『早稲田法学会誌』25、1975年2月

新聞記事

北溟社『函館新聞』マイクロフィルム版、サンコー、1911年
『函館新聞』明治十四年八月十日
『函館新聞』明治十四年八月十二日
『函館新聞』明治十四年八月十四日
『函館新聞』明治十四年八月三十日
『函館新聞』明治十四年九月五日
『函館新聞』明治十四年九月七日
『函館新聞』明治十四年九月九日
『函館新聞』明治十四年九月十一日
東京大学法学部明治新聞雑誌文庫編『朝野新聞 縮刷版』、ぺりかん社、1981-1

984年
『朝野新聞』明治十四年八月五日
『朝野新聞』明治十四年八月二十四日
『朝野新聞』明治十四年八月二十五日
『朝野新聞』明治十四年八月二十六日
『朝野新聞』明治十四年九月四日
『朝野新聞』明治十四年九月十四日
『朝野新聞』明治十四年九月十六日
『朝野新聞』明治十四年九月二十日
『朝野新聞』明治十四年九月二十一日
『朝野新聞』明治十四年九月二十四日
『朝野新聞』明治十四年十月五日
『朝野新聞』明治十四年十月十六日
『朝野新聞』明治十四年十月三十日
郵便報知新聞刊行会編『郵便報知新聞 復刻版』、柏書房、1989-1993年

『郵便報知新聞』明治十四年十月十五日
田崎公司監修『東京曙新聞 復刻版』、柏書房、2004-2007年
『東京曙新聞』明治十四年八月九日
『東京曙新聞』明治十四年九月三日
『東京曙新聞』明治十四年九月二十八日
『東京曙新聞』明治十四年十月二十九日
毎日新聞『東京日日新聞』複製資料［東京］［マイクロ資料］、日報社、北海道立文書館所蔵
『東京日日新聞』明治十三年九月十三日
『東京日日新聞』明治十三年九月十四日
『東京日日新聞』明治十三年十一月二十六日
『東京日日新聞』明治十四年八月五日
『東京日日新聞』明治十四年八月二十日
『東京日日新聞』明治十四年八月二十七日

『東京日日新聞』明治十四年九月五日
『東京日日新聞』明治十四年九月六日
『東京日日新聞』明治十四年九月十日
『東京日日新聞』明治十四年九月十六日
『東京日日新聞』明治十四年九月二十二日
『東京日日新聞』明治十四年九月二十六日
『東京日日新聞』明治十四年九月二十九日
『東京日日新聞』明治十四年十月十四日
『東京日日新聞』明治十四年十一月一日
『東京日日新聞』明治十五年三月二十二日

読売新聞社『読売新聞』マイクロフィルムリール版、国立国会図書館
『読売新聞』明治十四年十月十六日
『読売新聞』明治十四年十月二十二日
『読売新聞』明治十四年十二月十四日

毎日新聞社『東京横浜毎日新聞』、不二出版、一九九〇―一九九二年
『東京横浜毎日新聞』明治十四年七月二十六日
『東京横浜毎日新聞』明治十四年八月二十四日
『東京横浜毎日新聞』明治十四年八月二十七日
『東京横浜毎日新聞』明治十四年九月一日
『東京横浜毎日新聞』明治十四年九月十五日

中山泰昌編著『國會開設運動期：明治十二年－同十四年』複刻版、本邦書籍、1982年（新聞集成明治編年史第4巻、中山泰昌編著、中山八郎監修）
石田文四郎編『新聞記録集成：明治・大正・昭和大事件史』錦正社、1966年
明治文化研究会、小野秀雄解題校訂『もしほ草：横濱新報：江湖新聞』福永書店、1926年

WEB

フリー百科事典『ウィキペディア』
「ワッパ騒動」「小栗忠順」「沼間守一」「讒謗律」「新聞紙条例」「ウィリアム・グラッドストン」「ベンジャミン・ディズレーリ」「ポーランド」
「トミー 立石斧次郎 長野桂次郎をひ孫が紹介 HOWDY TOMMY」（Biglobe）
「知内農業発祥の地」『発祥の地コレクション』

著者プロフィール

木曽 朗生（きそ あきお）

1960年北海道生まれ。作家。明治大学大学院政治経済学研究科政治学専攻博士前期課程修了。埼玉県庁臨時職員を経て文筆に専念。北海道在住。

著書『日付変更線　伊藤博文と岩倉使節団』文芸社、2012年
共著『埼玉県行政史』埼玉県行政史編さん室編、1988年
共著『さいたま女性の歩み』上下巻　埼玉県県民部女性政策課編、1993年

梟の声は聞こえない　北海道開拓使官有物払下げ事件の謎

2020年8月4日　初版第1刷発行

著　者　木曽 朗生
発行者　瓜谷 綱延
発行所　株式会社文芸社
〒160-0022　東京都新宿区新宿1－10－1
電話　03-5369-3060（代表）
03-5369-2299（販売）

印　刷　株式会社文芸社
製本所　株式会社MOTOMURA

ISBN978-4-286-21706-2